桜乃きらほの恋愛処方箋

月見草平

MF文庫J

口絵・本文イラスト●裕龍ながれ

Name:

Age: Blood type:

Sexuality: Male Female

Case:

Karte B-01 Influenza of Love

【恋のインフルエンザ】

1　委員長の秘密

「ハァ――――」

桜乃《さくらの》きらほは、その日、十度目となるため息をついた。

よく晴れた、水曜の午前のことである。新宿駅南口から甲州街道《こうしゅうかいどう》に沿ってしばらく行ったところにある大公園、新宿御苑《ぎょえん》。その入口の程近くで、きらほは新緑の街路樹の陰に隠れるように立っていた。

くたびれたジーンズに地味なダークブラウンのTシャツ。どこから出してきたのか、古めかしい橙《だいだいいろ》色のネッカチーフにサングラス、頭には黒い野球帽。恋人のマンションから出てくるところを週刊誌にスクープされた芸能人のような格好である。

しかし、きらほの横にはそれに輪をかけて奇妙ないでたちの少女がいた。

六月の盛りに暑くないのかダブダブのロングコートに小柄な身を包み、男物のサングラス。長い金髪がはみ出したチェックのハンチング帽に、左手にはトランシーバー、首には双眼鏡までぶらさげている。こちらは変装というより探偵のコスプレといった感じだ。

もっとも当人、つまり鞠菜《まりな》・大江《おおえ》・ビュートリッヒに言わせると、スパイの格好のつもりらしい。

「こちらM。ミスターK、そちらに異常はありませんか、オーバー？」

御苑の入口に双眼鏡を向けながら、鞠菜はトランシーバーに囁《ささや》いた。

『こちらミスターK。今のところ特に異常ありません』

トランシーバーから、聞き覚えのある落ち着いた男性の声が返ってくる。

「ねえ、鞠菜ちゃん。もしかして今のミスターKって……」

「岸田《きしだ》ですわ」

鞠菜が親指の爪《つめ》を噛《か》みながら答えた。

（岸田さんまで……）

あの真面目《まじめ》そのものだった執事がトランシーバーを片手に双眼鏡を覗《のぞ》きこむ姿を想像して、きらほは力なくうなだれた。

双眼鏡から顔を上げた鞠菜がジロリと、きらほの方を向く。

「きらほも一緒に監視してください。御苑は広いんですのよ。一度見失ったら、もう二度と見つからないかもしれないのですから」

白い頬《ほお》を膨らませて言うので、きらほはしぶしぶ街路樹から首を出した。

御苑の入口の前に仲良しのクラスメイトが立っていた。委員長こと田中智子《たなかともこ》である。

いつも前髪を留めているバレッタを黄色いリボンに代えて、白地に黄色い花柄の入ったワンピース。分厚いガラスの眼鏡《めがね》はいつも通りだが、あからさまに気合の入った格好だ。籐《とう》のバスケットを抱えて時計を気にしているその姿は、百人が見たら百人、デートの待ち合わせと考えるであろう。

「あの、バスケットの中身はなんだと思います？」

「お弁当でしょ」

きらほが冷めた風に答える。

「中身はなにかしら」

「さあ、そこまでは……」

「ねえ、きらほ……。あなたは、私のことを包丁なんて持ったことのない女の子だと思われているかもしれませんが、こう見えても多少、料理には覚えがあるのですのよ」

「そ、そうなんだ。……なにが得意なの？」

「焼きおにぎり」

「――――」

それは料理といえるのか――、ときらほは思ったが、自分も人のことを言えないのでツコミは入れないでおいた。

「いったい、朝永《ともなが》は何をやっているのかしら!?　私よりずっと家が近いくせにっ！」

腕時計に目をやった鞠菜《まりな》が、バンバンと地団駄《じだんだ》を踏む。

そんな鞠菜と委員長の間に何度も視線を往復させながら、きらほは再びため息をついた。

「ハァ――――」

どうしてこんなことになってしまったのだろう、と思う。いや、鞠菜がここにいる理由はなんとなく分かるのだが、なぜ自分までここにいるのか。

NaPalm

きらほは野球帽からこぼれた薄茶色の前髪をいじり始めると、長いようで短い、短いようで長いことのいきさつを、最初から思い出していた――。

＊

「私、部活を始めたいと思いますの」

大嫌いな掃除当番を終えて自分の机に突っ伏していたきらほに、鞠菜《まりな》がそう話しかけてきたのは前日、火曜日の放課後のことである。

「部活？」

きらほは机から顔を上げると、その転校してきたばかりの少女を見返した。

「そう部活ですわ。いわゆる一つの部活動です」

鞠菜は頬《ほお》を心なしか紅潮させて、ウキウキした風に言う。

人形のような美少女である。赤いリボンで留めた長い金髪に碧眼《へきがん》。綺麗《きれい》に揃《そろ》えた前髪に雪のように白い肌。ハーフなので年齢が掴《つか》みにくいが、高校一年生のわりには顔も体つきも幼く見える。

しかし、その鞠菜がつい二週間前まではもっと幼かったことを、きらほは知っている。『同期不全症』という一般的な人より体の成長が遅れる病気のため、年齢はきらほと変わらないにもかかわらず、肉体の年齢は七歳ぐらいだったのだ。

その病気を通じてきらほは鞠菜と知り合った。そして、朝永《ともなが》の手術により完治した鞠菜がきらほの高校に転校してきたのは、先週のことである。

教室のあちらこちらで小さなざわめきが起きる。

きらほがチラリと見渡すと、放課後の学校でダラダラと時間を潰《つぶ》していた生徒たち（きらほもその一人なのだが）が、好奇の眼差《まなざ》しを送ってきていた。人を呼びに行ったのか、いきなり教室を飛び出して行った生徒までいる。

（う――ん、注目度が高いなあ）

きらほは口をすぼめた。

その日本人離れした美少女な容姿と、本当にお嬢様のような物腰のために、すでに鞠菜はクラスの、いや「六花学院《りっかがくいん》」全体の注目の的だった。男子だけでなく女子からの人気も高く、ここ一週間、鞠菜の周りにはいつも人だかりができていた。

早くも親衛隊も組織された。その隊のリストに生徒に交じり、複数の教師の名前があったというまことしやかな噂《うわさ》が流れて、ちょっとした騒ぎになったばかりである。

新アイドルの登場に学校の新聞部、報道部も飛びついた。部数を伸ばす好機とし、鞠菜を巡る真偽の定かでない号外記事が何度も配られた。なぜだか転校する前から鞠菜の知人らしいきらほへも毎日のように取材依頼があって、断るのに苦労していた。

そんな鞠菜が部活を始めたいと言うのだ。親衛隊でなくとも興味が湧《わ》くのは仕方がないことだろう。

きらほはクラスメイトの視線を気にしながら、前の委員長の席にゆったりと座る鞠菜《まりな》の方を向いた。

「ふーん、そっか。今、見つけておいたら、夏休みに部活できるもんね」

「そういうことです。——きらほはたしか、陸上部に所属しておられるのでしたわね？」

「最近はさぼりがちだけどね。中学でもやってたのよ。鞠菜ちゃんは前の学校でなんか部活は？」

「それが、白鳳《はくほう》には部活動という文化がないんですのよ」

「一つも？」

「ええ」

鞠菜が転校してくる以前に通っていた「白鳳学院」は良家や桁外《けたはず》れにお金持ちの子息、令嬢しか通わない学校である。そのために、生徒はみな、放課後は仕事や習い事、パーティなどの予定がビッシリ入っており、部活をしている暇がないらしい。

「だから私は部活というものに以前から憧《あこが》れていたんですの。だってほら、青春って部活動の汗から生まれるってよく言いますし」

鞠菜は窓の外の前庭でストレッチをする体操部の部員たちに熱い視線を送りながら、うっとりと頬《ほお》を押さえた。

「青春ねえ……」

きらほは眉《まゆ》をひそめると、ウーンと小さく唸《うな》る。

「……やる気になっているところに水を差すようでなんだけど、部活って綺麗《きれい》なことばっかりじゃないよ。上下関係とか厳しいところもあるし。初めてだといろいろ大変なこともあるかも」

「そういうことを含めて、青春だと思いますわ。そうではありませんか？」

「はあ……。そういうもんかなあ」

外国の人形のような鞠菜の容貌《ようぼう》と、青臭い感じのする「青春」の二文字の間に深いギャップを感じながら、きらほは耳の後ろの辺りを指でかいた。

「うん、でも、分かった。鞠菜ちゃんが部活を始めたいというのなら協力する」

「ありがとう、きらほ」

鞠菜は感激したように、きらほに抱きついた。

「ちょっと……鞠菜ちゃん！」

首に絡めてきた鞠菜の腕を、きらほは顔を赤らめて離す。こんなところを写真に撮られでもしたら、来週の学校新聞の一面を飾ってしまいそうだ。

「そ、それで、具体的にはどんな部活がいいの？」

息を整えながらきらほが聞くと、鞠菜はきょとんと首を傾《かし》げた。

「どんな部活、と言いますと？」

「いやだから、部活で何をするかよ。プライベートでなにかスポーツはやってないの？

鞠菜ちゃんはお嬢さまだから、テニスとか、乗馬とか、フェンシングとか？　うちの学校、歴史だけはあるから、部活の種類は豊富よ。あ、でも、青春するなら、集団スポーツの方がいいかもね。ソフトボールとかサッカーとか。でも、バスケにはちょっと身長が足りないかな。あと……」

「わたくし、運動は基本的に得意ではないんですの。だから文化系の方がいいですわ」

メジャーどころの部活の名前を挙げていくと、鞠菜《まりな》が首を横に振った。

「えっ？ でもさっき、青春は汗から生まれるって……」

「それはそれ、これはこれですわ」

鞠菜はしゃあしゃあと言ってのけた。きらほは目を点にしながら、体が成長してもちょっぴりわがままなのは相変わらずだなあ、と思う。

「文化系か……。じゃあ文化部棟に見学にでも行く？」

「はいな」

鞠菜はニッコリと薄桃色の唇を花弁のようにほころばせた。


「ねえ、鞠菜ちゃん」

渡り廊下を下駄箱に向かいながら近くに誰《だれ》もいないことを確認すると、きらほは金髪を棚引かせて横を歩く鞠菜に話しかけた。

「なんですか？」

「本当のところ、どうして鞠菜ちゃんは六花学院《うちがくいん》に転校してきたの？」

鞠菜は日本随一のお金持ち・大江《おおえ》グループの当主である。私立とはいえ庶民がほとんどの六花学院《りっかがくいん》の生徒とは、違う世界の住人なのだ。

『同期不全症』の発作で急に何歳分も成長したため『白鳳《はくほう》』に通うことはできないにしても、都内には他《ほか》にもお金持ち御用達《ごようたし》の高校があるはずだ。なぜあえて『六花学院』にしたのか……。転校以来、何度も尋ねたが、そのたびにはぐらかされていた。

鞠菜が立ち止まる。

うつむきがちに切り揃《そろ》えた前髪で碧《あお》い瞳《ひとみ》を隠すと、体を小刻みに揺らしながらフッフッフ——、と妖《あや》しく笑った。

「それは——。復讐《ふくしゅう》、するためです」

「復讐!?」

きらほの声が裏返る。

「……復讐って一体誰に?」

「知れたことです。私を二度もぶって辱めた男にですわ」

「そ、それって朝永《ともなが》のこと!?」

「他に誰がいますか」

「ちょっちょっ、ちょっと待ってよ、そりゃあの時は、アイツは鞠菜ちゃんをぶったり、酷《ひど》いことを言ったりしたかもしれないけど、全部鞠菜ちゃんのことを思って……というわけでもないけど、決して悪気があってやったわけじゃなくて……」

鞠菜《まりな》が顔を上げてキッときらほを睨《にら》む。

「きらほは朝永《ともなが》の味方をされるんですの？　だったら同罪ですわ」

「そんなあ」

「よく考えてみると、きらほにも酷《ひど》い扱いを受けたような気がしますわ。たい焼きでおびき寄せられたり、裸にされたり、携帯電話を奪われたり……」

「あ、あれは鞠菜ちゃんに手術を受けてほしくて、仕方なくやったことであって……」

きらほは手を振りながら弁明する。

するとしばらくジーっとやぶ睨みできらほを睨んでいた鞠菜がクスリと笑った。

「なにを必死に申し開きなさっているのですか。復讐《ふくしゅう》なんて嘘《うそ》に決まっているじゃないですか」

口に手を当ててホホホと笑いながら、鞠菜は再び歩き出した。

ポカンと口を開けて取り残されたきらほだったが、すぐにムウッと頬《ほお》を膨らませて追いかける。

「鞠菜ちゃんって、手術を受けて性格変わったんじゃないの？」

「そんなことありませんわ。私は昔からこんな感じですわよ」

すました顔で答えると、鞠菜は付け加えた。

「――新鮮だったから、というのが答えですわ」

「……新鮮？」

「ええ。誰《だれ》かにぶたれたのも、あんな風におせっかいされたのも、初めてでしたから」

そう言って、以前、朝永にぶたれた側《がわ》の頬を撫《な》でる。

「これは学校のせいではありませんが、以前いた世界では、周りの人間はみな私を大江《おおえ》の人間としか見ませんでしたから。きらほや朝永のように感情を露《あらわ》にされたことがなかったんですの」

きらほはほんの少し顔を赤くした。

「あれは、おせっかいというか……。えっと、その、私は鞠菜ちゃんのお父さんの遺志をどうしても大切にしたかっただけで……」

「それをおせっかいというんですのよ」

鞠菜が微笑《ほほえ》む。

「好き嫌いに関係なく、私はいつか必ず元いた世界に戻らなければいけなくなりますわ。だから高校の三年間ぐらいは、おせっかいされたり、怒鳴られたりする世界にいたいんですの。私が『六花学院《りっかがくいん》』に転校してきたのはそういうわけですわ」

鞠菜は長い金髪をサラリと耳にかけながら言う。

そんな鞠菜を見つめながら、きらほは思う。

やっぱり鞠菜は手術を受けて変わった――と。

初めて会った時、鞠菜は優雅ではあったけど、どこか陰があった。過去の痛ましい事故に引きずられ、それに死ぬつもりであったから、どこか刹那《せつな》的な空気を体に漂わせていた。

しかし今の鞠菜《まりな》は違う、目が先へ向いている。大江《おおえ》の跡取りとして生きていこうという強い意志を持っている。

強引ではあったが、あの時、鞠菜を白川《しらかわ》医院に運んでよかった、ときらほは今更に強く感じた。

――しばらく二人とも黙ったまま歩き、下駄箱から中庭に出た時のこと。

「それに……」

鞠菜が前を向いたまま呟《つぶや》くように言った。

「実は、手術以来、私……その……朝永《ともなが》が……」

「うん？」

蚊《か》の鳴くような声を出す鞠菜の顔を、きらほは不思議そうに覗《のぞ》きこんだ。

「な、なんでもありませんわ」

鞠菜はうっすらと紅色に染まった白い顔をツンと背けて、早足で歩いて行ってしまった。

「ちょっと鞠菜ちゃん。文化部棟はそっちじゃないよ？」

きらほは頭の上に大きなクエスチョンマークを浮かべながら、鞠菜を追いかけた。

さて。華やかな運動部に対し、文化部に対する一般的イメージは、地味、暗い、オタクっぽい、の三拍子と決まっているが、それは六花学院《りっかがくいん》においても例外ではない。インターハイで活躍したテニス部が学内新聞の一面で大きく取り上げられる一方で、囲碁部が全国大会で決勝進出しても紙面の片隅にひっそりと載る程度なのは「仕様」である。

特に六花学院の文化部の部室が入っている文化部棟は、何十年も前に建てられた木造の旧校舎の一部を使用している。これが新校舎のすぐ裏手にあるために日当たりが悪く、老朽化した建物とあいまって文化部の印象を一層地味に、よりネクラに、マニアックなものにしているのだ。

「この中で部活動をしているのですか？」

去年か一昨年の文化祭で使ったようなボロボロの看板がまるでバリケードのようにいくつも放置された入り口の前で、鞠菜は呆《あき》れたような声を出した。

「そうでございます」

わざとらしく答えながら、きらほは看板の間をすり抜けて文化部棟一階のホールへと入っていく。

「なかなか……雰囲気がありますわね」

辺りを見渡しながら、鞠菜は緊張した面持ちで呟いた。

本当に建物の中に人がいるのか疑いたくなるほどシーンとしている。時々、どこからかドッと笑い声が聞こえてくるので、誰《だれ》かいるのは間違いないようであるが。

「さて、どこから行く？　なにか希望は？」

「特にありませんわ。きらほのお勧めがあれば、そこに行ってみたいのですが」

「お勧め？　う――――ん」

きらほは腕を組む。入学してすぐに陸上部に入ったきらほは、部活選びで悩んだことがない。それも文化部となるとあまり興味がなかったので、どんな部があるのかすらよく知らない。

そこで、自分の交友関係の中に文化部の子がいなかったか考えてみた。

「あっ」

すぐに思い当たる。

「一応、あてがあることにはあるのだけど……、鞠菜《まりな》ちゃんに合うかなあ」

「それでいいですから、連れて行ってくださいな」

「じゃあ、とりあえずそこからね」

きらほは鞠菜を引き連れて、そのあてへと向かった。

薄暗い階段を上ると二階の一室の前できらほは立ち止まる。

「ここですか？」

鞠菜が顔を上げた。黒い染みだらけの木製の扉に、画用紙にマジックで書いたような表札《は》が貼られている。

「物理部？」

「そう物理部よ。委員長がここの部長をやっているの」

「委員長？　……ああ、トモコのことですわね。でも一年生なのに、もう部長なんですか？」

「そうみたいよ」

　四月には三年生の先輩が三人いたのだが、大学入試の準備のために全員が辞めてしまい、委員長が一年生にしてめでたく物理部部長に昇進したのだ。きらほが物理部の部室の場所を知っていたのは、委員長に一度連れてこられて勧誘されたからである。ちなみに丁重にお断りしていた。

「部員が足りないみたいだから、たぶん、委員長、大喜びすると思うけど」

「それはいいんですが……。物理部って何をするんですの？」

「物理部、というぐらいだから、そりゃ物理じゃない？」

「物理をするってどういうことです？」

「そ、それは……。言われてみるとたしかに」

「化学をする」というのは白衣を着てモクモクと煙の上がるフラスコや試験管を振るような感じであるが、「物理をする」というのはいまいちイメージできない。

「ボールにボールをぶつけて弾性衝突の実験でもするとか？」

「それ……、楽しいですか？」

「いや、どうだろう……」

「謎《なぞ》ですわ。部員はトモコ一人なのでしょう？」

「うん。幽霊部員なら何人かいるって聞いたけど」

「じゃあたった一人で日ごと、物理をやっているんですか？」

「まあ、その辺は委員長に聞いてみれば分かるわよ。たぶん、今日は中にいると思う」

「そうですわね」

鞠菜《まりな》はコンコンとノックすると、小さく「御免ください」と呟《つぶや》いて扉を開いた。

十畳くらいのなかなか広い部室である。

元教室を半分に仕切ってつくった長方形に近い部屋の中央にパイプ机が向かい合わせにいくつも並べられていて、その上に何台もの古そうなパソコンやプリンターが置かれてある。左右の壁には大きな本棚があり、漫画や本や雑誌が棚からはみ出すぐらいにギッシリと並んでいた。

（委員長は？）

きらほは顔を動かした。きらほの視線がパソコンの山の向こう、部屋の奥の窓際に置かれた古ぼけたソファーセットに向けられた時である――。


きらほの目が大きく見開かれた。

血色のいい唇がポカンとオーの字を縁取った。

「qあwせdrftgyふじこlp!!!!!!!!!!!」

頭の中に意味不明な文字列が浮かび、
きらほの呼吸が安らかに停止する。


…………………………………………………………

……………………………………………………。

きらほの黒い瞳《ひとみ》に映し出されている光景。

ソファーに深く腰掛け天井を向いた一人の男子と、その顔に自分の顔を接近させる一人の女子。それも二つの顔が重なりあうくらいの至近距離に。

いや……。そこまではまだよかった。

学校内でイチャつくカップルなら、以前にもきらほは見かけたことがある。放課後の校舎裏、それもよく知る陸上部の先輩二人。その時は、地雷でも踏んだ気持ちになりながら、見て見ぬふりをして静かにその場を立ち去った。

しかし今回は――。

見過ごせそうにない。去りたくても体がカチカチに固まって動けない。それぐらい、そのカップルの組み合わせは衝撃的なのだ。

――小さく戦慄《おのの》きながら、ソファーの男子と顔をつき合わせた女子。山吹色のバレッタでアップにした髪形に、トレードマークの眼鏡《めがね》。宇宙人オタクで、三度のご飯より数学の問題を解くのが好きなきらほの親友。

委員長こと田中智子《たなかともこ》――。

それだけでも、きらほにとってはかなりショックなことである。しかしそのショックをさらに二乗にしてしまうぐらい破壊力のある男子の正体。

日本人離れしたギリシャ彫刻のような美形に、赤い瞳《ひとみ》、艶《つや》やかな漆黒の髪。

きらほがつい先日まで言葉を交わしたこともなかった、最近、急に関《かか》わりを持つようになった人物……。

朝永怜央麻《ともながれおま》――。

つまり状況をまとめると、委員長が朝永と顔を近づけあっている……。いや、推察を交えて、より簡潔にするなら、

朝永と委員長がキスをしようとしている、

ということである。

(ど、ど、ど、ど、ど、ど、ど――いうこと!?)

きらほはパニックになった頭の中で悲鳴を上げた。

ドタン――。

横から大きな音が上がる。鞠菜《まりな》が鞄《かばん》を落としたのだ。

その瞬間、引き合っていた磁石が突然同極になったようにパッと、委員長が朝永から飛び離れた。

委員長がカクカクと油の切れた機械みたいな動きできらほたちの方を向く。ギョッと仰《の》け反《ぞ》らせた顔が、季節はずれのストーブみたいに真っ赤になった。口をアワアワと動かしながらうわずった声を上げる。

「き、きらほ！　一体いつから、そ、そこに？」

「え、ええっと、今。たった今」

委員長の動揺が伝染して、きらほまで慌てた声になる。

「……」

「……」

お互い見つめあったまま、きらほと委員長は黙りこむ。お互い、なんて聞けばよいのか、なんて説明すればよいのか考えている。そんな感じだ。

二人の間に広がり始める気まずい雰囲気。それを鞠菜《まりな》の凛《りん》とした声が打ち破った。

「どういうことか、説明してくれませんこと！」

鞠菜は紅潮した頬《ほお》をピクピクと動かしながら、きらほの手を引いて部屋の中へ入る。扉をバタンと閉め、震える手で委員長と朝永《ともなが》を交互に指差した。

「こ、これは不純、い、異性間交友ですわ！」

いまどきＰＴＡも口にしない生きた化石のような言葉が飛び出した。

委員長がブルルンと首を振る。

「そ、それは誤解だ」

「ごかいも、ろっかいもありませんわ。たった今、ままま、まさに、トモコは、そ、その、朝永に、キキキスを、な、なさろうとされていたじゃないですか！」

「だから誤解だ。私は朝永が目にゴミが入ったから取ってくれ、と頼まれたから探していただけだ」

「目にゴミ……？」

鞠菜が胡散臭《うさんくさ》そうな顔をして、委員長と朝永の間を交互に見比べる。すると、それまでただ一人、落ち着きを払った様子で成り行きを見守っていた朝永が、ソファーから立ち上がった。

「本当だ。目に異物感があるので、田中《たなか》に発見と除去を頼んだ」

まったくの無表情で朝永は言う。

「しかしキ、キスはともかくとして、なぜ朝永がここにいるんですの？　今日の診察……」

そこまで言って、鞠菜は慌てたように口を手で押さえた。朝永がギロリと睨《にら》んだのだ。委員長は白川《しらかわ》医院のことを知らない。

「いつも授業が終わったらすぐに帰るくせに、どうしてこんなところにいるのよ？」

鞠菜の疑問をきらほが代弁する。朝永は平然と答えた。

「それは俺《おれ》が物理部の部員だからだ」

「ええっ？　いつから？」

「入学してすぐのことだな。田中に部員の頭数がどうしても足りないから、名前を貸してくれと頼まれたので貸した」

　きらほが入部を誘われたのもその頃《ころ》である。委員長の方を見ると、未《いま》だ火照《ほて》った顔でウンウンと頷《うなず》いていた。

「一度くらいは覗《のぞ》いてやろうと思い、来ただけの話だ」

　朝永《ともなが》は前髪を掻《か》き上げた。

「う――ん」

　唇をすぼめて、きらほは唸《うな》る。

　朝永が物理部員というのは、恐らく本当だろう。そんな嘘《うそ》をつく二人ではない。しかし、今まで一度も部室に来たことがなかった朝永が、理由もなくフラッと部室を訪れたというのはどうも信じ難い。しかも開院時間を遅らせてまでである。

　それに委員長の態度もヘンだ。顔の色は元に戻ったが、眼鏡《めがね》のつるやバレッタを神経質そうに触りながら、そわそわとしている。部室での逢引《あいび》きが誤解なら、いつものように堂堂としていればいいのでは、ときらほは思うのだ。

　朝永がソファーの横に置かれた鞄《かばん》を持つ。

「よし、では、俺《おれ》は帰る」

「も、もう帰るのか？　来たばかりじゃないか」

　委員長が驚いたような声を上げる。

「目的は果たせた。今の騒ぎで目のゴミもなくなったようだ」

朝永は制服の襟を正すと、唖然《あぜん》とした委員長を残してきらほたちの方へと歩いてきた。

半ば放心状態のきらほの横で立ち止まる。

「桜乃《さくらの》。明日の診療なんだが、事情が変わった。医院に来る必要はない」

前を向いたまま、きらほと鞠菜《まりな》にしか聞こえないような小さな声で囁《ささや》く。

きらほの出勤日は基本的に土曜の午後と日曜日だが、明日の水曜日は創立記念日の休校なので来るように言われていた。

「えっ？　どういうこと？」

「野暮用ができた。白川《しらかわ》医院は臨時休業にする」

「野暮用？」

朝永は答えずにきらほの横をすり抜けて扉を開けると、委員長の方を振り返る。

「では、田中《たなか》。午前十一時に」

そう言い残し、朝永はバタンとドアを閉めて部室を出て行ってしまった。

（十一時に!?）

問い：「十一時に〰〰」〰〰に省略された適切な言葉を答えなさい。

答え：「会おう」「有楽町で会いましょう」など。

（野暮用って、もももももおももももおもももおも、もしかして!?）

きらほの目がグルグルと渦を巻いた。

「トトット、トモコ！」

鞠菜《まりな》が悲鳴のような声が上げながら肩肘《かたひじ》を張り、のっしのっしと委員長に向かっていく。きらほも慌ててその後を追いかけた。

委員長の前に立った鞠菜の顔が赤くなったり青くなったり、まるで信号機のように目まぐるしく変わる。

「ふふふふ、ふ、ふじゅ、ふじゅ……むぐむぐう」

きらほはまともな日本語が出てきそうにない鞠菜の口を後ろから両手で塞《ふさ》ぐと、委員長をじっと見つめた。

「委員長」

「な、なんだ？」

額《ひたい》からしらーっと汗を流しながら、委員長はきらほを見返した。

「もしかして、明日……」

「うむ」

「朝永《ともなが》とデート？」

「そ、それに答えるには、デートの定義から確認しないといけないと思う」

「デートの定義？」

「いや、つまり、好きあった男女がだな、どこかで落ち合って……」

「それはいいから。誘ってきたのはあいつの方だよね？　なんて言われたの？」

眼鏡《めがね》以外のパーツをすべて真っ赤にして、委員長はうつむいた。

「その、朝永に……」

「朝永に？」

「――――映画に誘われたのだ」

「それをデートというんですわよ!!」

きらほの手を振りほどいた鞠菜が叫ぶ。きらほは軽く衝撃を受けた表情になる。

「それで委員長、オッケー……したんだ」

「うむ…………。ただ誤解しないでくれ。朝永に誘われたのは初めてで……、今回も無料チケットが手に入ったとかいう話で……。それで私が承諾したのも……別に、朝永に……その、好意をよせているというわけではなくてだな……」

「じゃあどうして、承諾されたんですの!?」

「それは……一つ、確認したいことがあって……」

委員長がポツリと呟《つぶや》く。

「確認したいこと……？」

それって、なに――、と尋ねようとしたきらほの言葉は、そんなことはどうでもいいという風に委員長に詰め寄った鞠菜にかき消された。

「どこに待ち合わせですの？　映画は何を見に行くんですの？」

「じゅ、十一時に新宿御苑《ぎょえん》前。見に行くのは、『太郎が好きだった方程式』……だ」

鞠菜《まりな》の勢いに飲みこまれるように委員長は答えた。

鞠菜が長い髪を振り乱してきらほの方を向く。

「こうしてはいられませんわ。きらほ、行きますわよ」

きらほの手を握ると、グイグイ引っ張りながら部室の扉の方向に戻ろうとする。

「行くってどこへ？」

「決まってますわ、対策を練るんですわよ」

対策ってなんの、ときらほは思ったが逆らうと怖そうなので引かれるままついて行く。

「お、おい、きらほたちも何か用があったわけじゃないのか？」

背中から委員長の呆《あき》れたような声が飛んだ。

「ごめん。また来るから」

きらほは顔だけで振り返ると、すまなさそうに片手を立ててウインクする。そして、鞠菜に引きずられるように物理部を後にした。

「きらほ！　朝永《ともなが》とトモコはどういう関係なんですの？」

鞠菜は人気《ひとけ》のない校舎裏まできらほを引っ張って行くと、怖い顔を近づけきた。紅色の唇はむっつりとつぐまれ、青い目は据わっている。

「関係って言われても……」

委員長と朝永がそんなことになっていたとは、当のきらほも知らなかったことである。二人とも学校でそんなそぶりは一度も見せたことがない。

「二人は中学から同級生よ……」

「そんなに長い関係なのですか！」

鞠菜がショックを受けた顔になる。

「それだけですの？」

「え？」

「だから、他《ほか》になにかありませんの？　たとえば中学の時につきあっていたとか」

「それはたぶんないと思う。あっ、でも――」

そこまで言うと、きらほは口を押さえた。委員長から聞いた、昔、朝永との間であった事件のことが頭に浮かんだのだ。

「なんですの？」

「ううん、なんでもない、なんでもない」

きらほは手を振って誤魔化《ごまか》そうとした。鞠菜に教えていいことなのか分からないし、それに火に油を注ぐことになるのは間違いないからだ。

鞠菜はグイっときらほに顔を近づけた。

「な・ん・で・す・の？」

一語一語切って、ドスの利いた低い声を出す。据わった瞳《ひとみ》でジ――ッと、きらほを見つめる。

きらほは口をきつく結んで顔を背けた。が、いつまでも続く鞠菜《まりな》の無言のプレッシャーに耐えられなくなる。

「…………中学の時、委員長が不良にからまれたところを、朝永《ともなが》に助けてもらったことがあるって」

「なっ、なんですって！」

鞠菜は顔をのけぞらせると、顎《あご》に手を当てて考えこんだ。

「……恐らく、その事件をきっかけに二人の交際は始まり、今まで続いていたのですわ。ひそかに」

「それはないと思うけど。だって、委員長、初めて誘われたって言ってたし」

「あんなの本当かどうか分かりませんわ」

「委員長はそんな嘘《うそ》をついたりはしないわよ」

「本当に、そう言いきれますか？」

「それは……」

きらほは言葉を詰まらせた。

さっきも、以前の電話の時も、朝永のことになると委員長は雰囲気が変わる。もしかしたら、という気持ちが心のどこかにあった。

「とにかく、明日のデートだけは間違いなく事実です」

「それは……そうね」

二人の関係は不明だが、朝永が委員長を映画に誘ったことは確かなことだ。

（それも『太郎が好きだった方程式』だなんて、ラブロマンス映画じゃない。あの二人が好きそうな内容とは思えな――）

きらほはハッとする。

先週の土曜、白川《しらかわ》医院の上階のダイニングで出前の昼食をとっていた時、ひょんなことから公開中の映画『太郎が好きだった方程式』が会話に上ったのを思い出した。

話題を振ったのはきらほで、その時、朝永はまったく関心のない様子だった。チケットの話は一言もしてくれていない。

胸の奥の方がチクリとした。

（なによ。委員長を誘うことくらい、話してくれてもいいじゃない）

チクリとした辺りから、裏切られた気持ちとも仲間はずれにされた気持ちとも違う、なんだかよく分からない黒いモヤモヤした感情が胸の中で広がっていく。

急に息苦しくなって、きらほはブラウスのリボンを緩めた。

「こうなったら仕方がありませんわ」

鞠菜が決めたという風に頷《うなず》く。

「明日、私、御苑《ぎょえん》に行きます」

「ええっ？　行って、どうするの？」

「決まっていますわ。行って二人のデートを見張ります」

「だ、駄目だよ！　そんなの」

薄茶色の前髪を激しく揺らすきらほを、鞠菜《まりな》は真剣な顔で見つめた。

「きらほは二人がどんな関係なのか、気になりませんの？」

「そりゃあ気にはなるけど、それはルール違反よ」

「ルール違反じゃありませんわ。二人の不純異性間交遊を未然に防ぐのです」

鞠菜は炎を宿した碧《あお》い瞳《ひとみ》を大きく開くと、ギュッと拳《こぶし》を握る。

「高校生のカップルが映画に行くことに、不純もなにもないと思うんだけど」

「いいえ駄目です。とにかく、明日は二人を追いましょう。落ち合う場所など、詳しいことは追って電話で連絡しますわ。では私は準備がありますから、失礼」

一方的にそう言うと、鞠菜は踵《きびす》を返して走り去った。

「えっ？」

一人残されたきらほは、自分の顔を指差す。

「ちょっ……、それって私も行くの？」

小さく開かれた薄桃色の唇から漏れた呟《つぶや》きは、空《むな》しく茜色《あかねいろ》の夕空に消えて行くのだった。

——と、そんなわけで、話の冒頭に戻るのである。

「ハァ——」

前髪をジリジリといじりながら、きらほは再び深いため息をついた。

隣には相変わらず双眼鏡を覗《のぞ》きこむ鞠菜の姿がある。

結局、きらほは鞠菜に言われるがまま、朝永《ともなが》&田中《たなか》デート追跡作戦（略してT&T作戦）に参加してしまった。それも鞠菜の指示通り変装のような格好までして。

（どうして、断らなかったのか……）

委員長は親友である。大切な人を失ったあの事件の時も、親しくなって間もなかったきらほを親身になって励ましてくれたし、しっぽが生えた時も相談にのってくれた。デートを監視するなんて、その友情をあだで返すような行為。

（それに、朝永だって……）

委員長のデートの相手である朝永も、きらほにとっては学校であまり言葉を交わすこともないクラスメイトであり、バイト先でも上司と部下の関係にすぎない。誰《だれ》とデートしようが構わないはずだ。

なのに——。どうして、こうも気になるのだろう。

その原因が、昨日から胸にあるモヤモヤっとした気持ちと多少なりとも関係あることは、きらほも気がついてはいた。

——やっぱり私は帰ろう。

きらほはそう心に決めると、鞠菜の方を向いた。

「ねえ鞠菜ちゃん……やっぱり私……」

丁度、タイミングが重なる。

『こちらミスターK。Tが来ました』

鞠菜《まりな》のトランシーバーから岸田《きしだ》の声が聞こえた。

直後、御苑《ぎよえん》の入口前の広場に男が一人現れた。まっすぐ委員長へと歩いて行く。朝永《ともなが》怜央麻《れおま》である。

鞠菜が、「ふう……」と、ため息のような声を上げた。

長身のスラリとしたスタイルのため、モデルが歩いているように見える。黒いカジュアルジャケットに、白いシャツ、黒いスラックスという格好。アップ気味に櫛《くし》の入った前髪が普段着な服装に似合っていた。

（へえ……）

思わずきらほも目を凝らす。私服姿の朝永を見るのは初めてなので新鮮だった。

二人は、短く言葉を交わすと、そのまま新宿御苑の方へ消えて行く。時計を見ると、十一時きっかり。時間に正確な朝永らしい。

「シミュレーション通りですわ」

鞠菜はほくそ笑んだ。

昨晩、大江《おおえ》家のスーパーコンピューターで行われた模擬実験で、朝永と委員長は九十パーセント以上の確率で映画の前に御苑内でランチをとる、という結果が出たという。というか普通に考えて、わざわざ御苑前で待ち合わせたのにそのまま素通りするなんてことがあるわけないのでは、ときらほは思う。

「こちらM。これよりT&T作戦を実行に移します。オーバー？」

『了解しました』

そんな交信がなされた後、御苑の入口に岸田を先頭に四名の黒ずくめの男たちが列になって入って行った。

「な、なにあれ？」

きらほが震える指で黒服たちの背中を指す。

「不測の事態を避けるために出動させた大江のプライベートセキュリティサービスですわ。私たちも行きますわよ」

鞠菜がコートを引きずりながら、街路樹の陰から飛び出す。

「ちょっと、鞠菜ちゃん！」

空手を伸ばしながら、きらほは、鞠菜について行くべきか悩む。

このまま帰ってもいいのではないか。鞠菜には岸田とSSがついているし――。

きらほは御苑とは反対方向を向く。だが、そのまま固まる。

たった一つだけ。どうしてもひっかかることがある。

それは昨日、委員長が言っていた朝永の誘いを受けた理由。

――一つ、確認したいことがあるから。

委員長が思いつきで言った嘘《うそ》ではない。きらほはそんな気がした。

確認したいことってなんなのか？

中学の時の事件と何か関係あるのだろうか——？


気がつくときらほは踵《きびす》を返し、鞠菜《まりな》を追いかけていた。

（ゴメン、委員長）

頭の中に浮かべたあの分厚い眼鏡《めがね》とオデコ頭に、きらほは何度も謝った。

2　T&T作戦

（どうして私はここにいるのか？）

委員長こと、田中智子《たなかともこ》は歩きながら考えていた。一張羅《いっちょうら》を着て、料理が得意でもないのに朝から台所に立って、お弁当まで用意して——。

チラリと横を歩く長身の男を見上げる。

何度見ても、見直すたびにハッとさせられる美男子である。顔にあるすべてのパーツが黄金比のごとき完璧《かんぺき》なバランスで配置され、そのパーツ一つ一つの造形も優れている。長身で均整のとれた体つきは、彫りの深い顔もあいまってギリシャ彫刻を髣髴《ほうふつ》させる。黒と白の服装はともすればいやらしくなりそうだが、この男の場合は容姿と調和がとれており、完璧に着こなしていた。

面食いの方ではない、と自覚する智子でも、横を歩くだけで自然とドキドキしてしまう。それぐらい、朝永《ともなが》は存在感のある男なのだ。

御苑《ぎょえん》に入ってからというもの、すれ違う人間のほとんどが朝永の方を見ていた。自意識過剰かもしれないとは思いつつも、智子は、なんとなく隣の自分が比べられているような気がして恥ずかしかった。

（どうして私はここにいるのか？）

智子はもう一度、同じ疑問を自分に問いかけた。

昨日、朝永が物理部の部室に現れた時は本当に驚いた。朝永とは高校入学以来、ほとんど接点がなかったからである。

たしかに、智子が物理部に入部してすぐ、いきなり廃部の危機の憂き目にあい、中学からの知り合いのよしみから朝永に名前を貸してくれるよう頼んだことがあった。しかし、まともに会話したのはその時のみで、ここ最近は口をきくどころか目もまともに合わせたことすらない。智子自身、それほど社交的な人間ではなく、朝永はそれに輪をかけて人との接触を望まない人間だからだ。

――それゆえに、朝永が現れた時、智子は大いに混乱した。

朝永は、「部員なので一度くらいは顔を見せた方がいいだろうと思って来た」などと、よく分からないことを言って部室に入ってきた。それから、とるに足らないような会話を少し交わした後、突然、映画に行かないか、と誘ってきたのである。

これはどういうことだ？　智子《ともこ》は驚くと同時に不審に思った。

今までそんなそぶりはまったく見せなかった男がいきなり、である。チケットが手に入ったからとは言うが、どうして自分なのか、と。

何かある、と智子は疑った。

だから最初は断ろうとしたのだ。

ところが——。

その気持ちに反して、智子は頷《うなず》いてしまった。

朝永《ともなが》の美形にほだされたわけではない。

一つ。これは、昨日きらほたちにも言ったことだが、確認したいことがあった。中学時代のあの事件以来、ずっと気になっていたことであり、気になってはいたが、そのまま放置しておいたことである。それを確認するため、智子は承諾した。

それから、どういうわけか映画だけの話から御苑《ぎょえん》を歩くということになり、いつの間にか智子が弁当を用意する、ということにまで話は発展したのだ。

そこまで思い出して、ようやく智子は、自分がここにいる理由が何なのか再確認できた。安心する。智子は自分の行動原理がはっきりしていないと、不安になるタイプだった。

そして智子はこう結論づけた。

とにかく今は、いわゆるデートというものを楽しめばよいのだ、と。そうすれば、自然とあの気になっていることの答えも、見えてくるだろうから——。

さて――。そのデートであるが……。

智子はもう一度、朝永の顔を見上げた。

いつものようにむっつりとした表情を浮かべて、まっすぐ前を向いている。人のことはいえないが、デート中ぐらいもう少し愛想のよい顔をしたらどうだ、と思う。

それに御苑に入って以来、まったく会話がないというのはどうなのだろうか。二人とも無言で、新緑樹に囲まれた砂利道の通路を歩いている。お互い無口な人間なので仕方がないが、これではまるで葬式か法事だ。どちらかが間をもたせようとしない限り、いつまでたっても会話が始まる気がしない。そして、この男は間をもたせようなどと、殊勝なことを考える人間では断じてないのである。

智子は小さくため息をつくと、口を開いた。

「朝永……」

「なんだ？」

朝永が智子の方を向いた。完璧《かんぺき》なタイミングで朝永の赤い目と目が合ってしまい、智子はウッと唸《うな》って顔を背けた。

前を向いたまま智子は続ける。

「今日の映画なんだが……。どんな映画か、内容は知っているのか？」

智子は普段、ほとんどテレビを見ないために、朝永からタイトルを聞いた時もどんな映画なのか分からなかった。安易にも数学者が登場するような話を想像していたが、昨晩、パソコンで調べたところラブロマンス映画であることが判明した。

「知らんな。数学者の一生を描いたような内容ではないのか？」

自分と同じ感想に、思わず噴き出しそうになる。

「どんな映画なのか調べずに誘ったのか？」

「理系科目が得意な田中《たなか》なら、気に入るのではないかとは思った」

結果的に見当違いになったが、一応、考えてはくれたらしい。胸が少し熱くなる。

「も、もう一つ聞きたいのだが……。その、どうして私なのだ？　チケットが手に入ったから、と言っていたが、別に私でなくてもいいのではないか？」

「たとえば誰《だれ》だ？」

「きらほとか」

茶毛の友人の顔が浮かんだ。最近、学校で二人がなにやら言葉を交わしているのを時々見かける。

朝永《ともなが》がフンと鼻を鳴らす。それからワンテンポ置くと、無表情のまま言った。

「俺《おれ》が田中と話したかったから、田中を誘った。それだけのことだ」

ドキン、と心臓が体から飛び出したような気がした。戻ってきた心臓が十六ビートで脈を打つ。

智子《ともこ》は落ち着け、落ち着けと、自分に言い聞かせたが、高鳴りはなかなか収まらなかった。それをさとられないように智子はうつむくと、もう話すのは止《よ》して、ヒマラヤシーダの林の中を歩き続けた。

委員長と朝永の後方、二百メートルくらいの場所。

朝永たちとは違う意味で目立っている二人組が歩いていた。

「こちらM。二人の様子はどうか？　オーバー？」

人目も気にせずトランシーバーに話しかける鞠菜《まりな》。きらほは少し距離を置いて、他人のふりをしているつもりだったが、彼女自身も大概な格好のため、仲間と思われていそうである。

『ミスターKです。お二人とも楽しそうに会話をされながら、広場の方へ向かっておられます』

多少、誇張の入った岸田《きしだ》の報告が入る。

「むう」

鞠菜は親指の爪《つめ》を噛《か》み続けながら、唸《うな》る。

「二人とも普段は貝のように無口ですのに……」

「あの二人が楽しそうに会話？」

きらほは顔をしかめる。二人ともよく知るきらほには、想像もできないことだ。一体どんな話をしているのか、興味あるところである。

「きらほ、私たちも追いつきますわよ」

鞠菜《まりな》が少し早足で走り出す。きらほもしんどそうに後に続いた。

新宿御苑《ぎょえん》の中央にあるイギリス式庭園。ケヤキやユリノキがまばらに立つ芝生の広場である。平日だというのに芝生の上に横になって本を読む人やシートを広げて団欒《だんらん》する家族連れがわりと見られた。

「では、ここで昼食にするか？」

広場の端の高木の陰になった人気《ひとけ》の少ない場所で、智子《ともこ》は立ち止まった。朝永《ともなが》が頷《うなず》くと、水色の地に白い水玉柄のシートを広げる。

智子はシートの上に正座で座り、朝永は組んだ足を伸ばした。

「昨日も言ったが、私は料理が得意ではないのだが……」

さっそく、智子がバスケットの中から、水筒と籐《とう》の弁当箱を二つ取り出してシートの上に並べた。

急に、朝永の赤い瞳《ひとみ》が鋭くなる。

「な、なんだ？」

朝永の視線は左手に向けられていた。人差し指に絆創膏《ばんそうこう》が一つ。スイートキャロットの皮を剥《む》いている際に、切ってしまったのだ。

「こ、これは慣れない作業で、ほんの少し切れただけだ」

智子が照れるように、手をとっさに隠そうとする。

「見せてみろ」

「えっ？　ちょっと、おい」

朝永は身を乗り出すと、智子の左手首を強く掴《つか》んだ。

強引に引き寄せると絆創膏をはがし、傷口を丹念に見つめた。

「消毒はしたか？」

「ああ、まあ。石鹸《せっけん》で洗ったぐらいだが」

眼鏡《めがね》の奥の目を白黒させながら智子は答えた。

朝永はジャケットのポケットから新しい絆創膏を取りだした。表に星をあしらった模様の描かれた、見たことのないものである。

朝永は絆創膏を傷口に貼《は》り、その手を持ち上げ顔を近づけていくと――。

「!!」

絆創膏に唇を当てた。

「とっとっとっ、朝永！」

智子の顔が、頭のてっぺんからボンと煙が噴き出しそうなくらい真っ赤に染まった。そんな智子に、朝永はいたって真面目《まじめ》な顔を向ける。

「料理中の傷を侮るな。傷口からキノコが生えることもある」

「そ、そうか」

智子は赤くなった顔を下に向けると、顔を見ないようにして朝永の方に弁当を押しやった。

「口に合うかどうか、心配だが」

「ジェノバ風でなければ問題ない」

智子《ともこ》には理解できないことを言いながら、朝永《ともなが》が弁当の蓋《ふた》を開けた。

不揃《ぞろ》いな大きさのおにぎりに明太子入りの卵焼き。ミートボール、ウインナー、茹《ゆ》でたブロッコリー、それにスイートキャロットのグラッセだ。

智子が自分の弁当を開いた時、未《いま》だわずかに火照《ほて》っていた顔が一気に凍りついた。

「しまった……。箸《はし》を一組しか持ってきていない」

普段、学校へ自分の箸しか持っていかないため、ついうっかりしたのだ。

「朝永、割《わ》り箸《ばし》を持っていたりしないか？」

絆創膏《ばんそうこう》をジャケットに入れているくらいだから、割り箸も持っているかと智子は期待した。しかし、朝永は首を横に振る。

智子は顎《あご》に手を当てて「うーん」と唸《うな》る。おにぎりぐらいなら手で食べても問題がないが、ミートボールやグラッセは手がベトベトしそうだ。

「仕方がない。その箸をシェアするか」

朝永がサラリと言った。

「シェア？」

Share──【他動】～を分ける、分かち合う、共有する、という意。つまり、一組の箸を二人で使いまわすということである。

「さ、さすがにそれは、ちょっと駄目だろう？」

智子は再び赤くなった顔を仰け反《の》らせて、イヤイヤと手を振った。その手の話題に疎い智子の辞書にも、間接キスという言葉は載っている。

「だ、第一、朝永はいいのか？」

朝永の病的な潔癖症を心配した。

「田中《たなか》のことは中学校の頃《ころ》から知っている。病欠はほとんどないし、顔色を見る限り肝炎の兆候も見られない。多少、唾液《だえき》の交換があっても問題ない」

嬉《うれ》しいような嬉しくないような微妙な言葉であるが、少なくとも智子にとっては、多少の唾液の交換も大いに問題を感じた。

「だ、だったら同じシェアでもこういうのはどうだろうか？」

智子は一組の箸のうち、一本だけ朝永に渡した。

それから自分の一本でミートボールを突き刺した。

「マナー違反だが、非常事態であるし仕方がないだろう」

「そうだな」

朝永も同じようにして、あめ色をした小さな人参《にんじん》を口に運んだ。

「味はどうだろうか？」

心配そうに見守りながら、智子が尋ねる。

「見てくれはよくないが、味は悪くない」

ニコリともせずに言う。

智子《ともこ》がホッと安堵《あんど》のため息をついていると、朝永《ともなが》が箸《はし》を置いた。

智子を真剣な表情で見つめる。

「ところで、話は変わるが……。最近、田中《たなか》、家を引っ越したのではないか？」

朝永は重々しい声で尋ねた。


「きらほ、今の見ましたか？」

「う、うん。見たけど」

丁度、朝永が委員長の手にキスをした直後のタイミング。広場の端の方にある、薔薇《ばら》園に身を潜めたきらほと鞠菜《まりな》である。

「二人がつきあっていないとしたら、今の接吻《せっぷん》はどう説明するんですの!?」

「ファンタジーのナイトとお姫さまじゃないんだから、今時、手にキスなんかしないでしょう。ゴミでも刺さったんじゃない？　なんか貼《は》っていたみたいだし」

「またゴミですか！」

鞠菜が親指の代わりに噛《か》みついたハンカチを悔しそうに引っ張る。

そのまま眺め続けると、二人はお弁当を食べ始めた。箸を忘れたらしく一組の箸を一本ずつにしてフォークのように使って食べている。なんとも微笑《ほほえ》ましい光景だ。

「なんて楽しそう……なんでしょう」

たしかに、会話を交わしながらおにぎりを食べる委員長と朝永の姿は、きらほの目にも楽しそうに見える。二人の顔には、時おり笑顔も浮かんでいた。

ううっ――。

再び広がりそうになったあの感情を堪《こら》えようと、きらほはギュッとTシャツの胸を握る。

「もう耐えられませんわ」

鞠菜が金色の髪を振り乱してトランシーバーを構えた。

「こちらMです。………オペレーションDを実行してください」

トランシーバーの先で岸田《きしだ》が息を呑《の》んだのが、隣のきらほにも聞こえた。

『……本当によろしいのですか、鞠菜さま？』

「かまいません。目的のためなら、時には悪魔に魂を売らなければいけないことがある――、これは父から教わったことですわ」

『そのお覚悟があるのでしたら、もう何も言いますまい。オペレーションD、実行に移ります』

通信を終えると鞠菜は少し緊張した面持ちで頷《うなず》いた。

「オペレーションDって？」

きらほが訝《いぶか》しげに眉《まゆ》をひそめた。目を伏せた鞠菜が首を振る。

「言えませんわ。言ったら、きらほは私のことを最低の、ゴミくずのような人間だと軽蔑《けいべつ》すル――」

言い終わらぬうちにきらほは鞠菜《まりな》のほっぺをつねり、左右にグイーっと引っ張った。

「イ――ライでル――。きらろ――、やめて、クラサい」

「一体、何をしようとしているのか説明なさい」

きらほは怖い顔を鞠菜に近づけた。目に涙を溜《た》めて鞠菜は頷《うなず》く。

「今、説明しますから、もう頬《ほお》をつねるのはやめてくださいな」

そう言うと、鞠菜は紅色の唇からニヤリと歯を見せ、精一杯残忍そうな顔をしてみせた。

「オペレーションDは、昨晩、岸田《きしだ》と計画した二十六の作戦のうち、もっとも陰険で悪質な作戦ですわ。名づけてラブラブランチ・デストロイ作戦……」

「ラブラブランチ・デストロイ作戦⁉」

「岸田以下、小型ライフルを装備した四名の部隊が二人を取り囲むように距離を取ってひそかに展開しています。四名ともSSのメンバーの中でも優秀な狙撃《そげき》手ですわ」

「狙撃⁉」

「ライフルには大江《おおえ》テクノロジーで開発した直径一ミリの超微粒弾丸が装填《そうてん》されています。屋外で一度発射されたらほぼ発見困難な小さなものですが、質量はそれなりにある特殊な弾丸ですわ。四人はクロスファイアで、トモコと朝永《ともなが》のお弁当を狙《ねら》います。お弁当はひっくり返り……、楽しいはずのランチが一転、お葬式のようになる、という寸法ですわ」

「な、なんて恐ろしい作戦なの！」

きらほの顔が蒼白《そうはく》になる。そんなことをするために、わざわざ四人も部隊を送りこんできたというのか。

「やめようよ。せっかくお弁当作った委員長が可哀想《かわいそう》だよ」

「承服できませんわ。きらほ。私はなんとしてでも、朝永とトモコの暴走を食い止めないといけないのです」

「いや、誰《だれ》も暴走していないから」

きらほがもう一度、鞠菜のほっぺをつねって作戦中止を求めようとしていたら、再びトランシーバーが鳴った。

『ミスターKでございます。部隊、配置完了いたしました。しかし、お二人ともお弁当は下に置いてらっしゃるため、狙うのは難しいかもしれません』

「むう。では、お茶の方でお願いします」

『了解しました。チャンスが来ましたら、一斉に射撃いたします』

「お願いします」

鞠菜はトランシーバーを置くと、遠い目をして呟《つぶや》いた。

「これも人の性《さが》なのでしょうか……」

人の性というより、鞠菜の業のような気がしなくもなかったが、ここでツッコミを入れたら負けのような気がしたので、きらほは黙っておいた。

（まあ、お茶ぐらいならいいか……）

そんなことを思ったりした。

「美味《おい》しかった。全体として、満足度が高いランチだった」

朝永《ともなが》がそう言いながら、弁当箱の蓋《ふた》を閉じる。

「それを聞いて安心した」

智子《ともこ》はホッとした。自分の料理を家族以外の人間に食べさせるのは初めてなので不安だった。朝永はおべんちゃらを言うようなタイプではない。美味《うま》いと言うからには、実際、それなりに満足したのだろう。

「下手《へた》だと言うが、桜乃《さくらの》よりはずっとセンスがある」

「きらほ？」

智子は眉《まゆ》をひそめる。きらほの料理なら智子も食べたことがあったが、前衛的というか個性的というか、冒険に失敗したというか……、たしかに料理は下手だと思ったが、そんなことより。

「きらほの料理を食べたことがあるのか？」

「二、三回な。一度目は一口しか食べられなかったが」

朝永の端正な顔に陰が宿る。どうもその時の味を思い出したらしい。

智子は下の方を向くとモゾモゾとした。

「そ、その、二人は、つきあっているのか？」

「つきあう？」

「いや、だから、つまり、ほら、あれだ。男女の……」

「ああ。そういう意味ではつきあってはいない。ビジネス上の関係だ」

またしても妙なことを朝永《ともなが》は言う。ビジネスってなんだ、と智子《ともこ》は思う。

そういえば、一時、きらほから不思議なことを続けて質問されたことがある。三百万円がどうか、とか、朝永はどんな奴だとか。二人が学校で言葉を交わすのを見かけるようになったのは、それからのような気がする。

「どういう関係だかは分からないが、きらほは私の友人だ。傷つけるようなことはしないでほしい」

四月。知り合ってすぐに友人になったきらほにあんなことが起きた時、智子は見ていられなかった。元気なきらほにはもう二度とあんな風にはなってもらいたくない。

「俺《おれ》がどうこうして傷つくようなタマではないと思うがな、桜乃《さくらの》は」

「それはそうかも……しれないかな」

考えてみると——。朝永の名前が出たぐらいからきらほは急速に元気になってきたような、そんな気がする。もしその理由が、朝永の言う「ビジネス上の関係」にあるというのなら、それはいい方向の関係なのかもしれない。

「そういえば、お茶がまだだったな。お前の好きなコーヒーではないんだが」

智子は水筒の蓋《ふた》を開けた。持ってきたのはジャスミンティーである。

お茶を注いだコップを朝永に渡そうと手を伸ばそうとした時のことである。

バシュン――と音がして、突然、紙コップが爆発した。いや爆発したように見えた。実際には智子の手を離れ、宙を舞ったのだ。

紙コップはそのまま落下し、足を伸ばしていた朝永のスラックスの上にジャスミンティーをひっくり返した。

「す、すまない」

智子はポケットからハンカチを取り出すと、スラックスを拭《ふ》き始める。

ジャスミンティーは色がつきやすい。もしかすると、このまま色が少し残るかもしれない。

朝永が病的なくらい綺麗《きれい》好きであることは、中学の時から知っていた。ふざけていた男子のせいで雑巾《ぞうきん》の入ったバケツの水がかかり、朝永が激怒した事件があった。

拭きながら智子はやや緊張した面持ちで顔を上げた。

朝永はこめかみに青筋を浮かべた顔を震わせながら、何かを探しているかのように周囲をうかがっていた。

「と、朝永？」

智子が怪訝《けげん》な声を出すと、朝永はハンカチを無言で受け取った。スラックスを念入りに擦《こす》り、智子に強張《こわば》った顔を向けた。

「も、問題ない。この陽気だ。すぐに乾くだろう」

口端を引《ひ》き攣《つ》らせながら、無理に笑みを浮かべた朝永《ともなが》の顔に、智子《ともこ》はプッと噴き出した。

一方——。

『朝永殿が我々の存在を怪しんでおります。これ以上、この場にいるのは危険ですので、速やかに撤退いたします。お帰りになる時、また出迎えにあがりますので』

「ちょっと待ちなさい、ミスターK、いや、岸田《きしだ》。私を置いて帰るつもりですか？　オーバー？　オーバー？」

鞠菜《まりな》はオーバーオーバーと繰り返すが、トランシーバーからはデジタルノイズの音しか流れてこない。

あほらしくなったのか、それとも作戦に失敗して鞠菜に何か言われるのを恐れたからかは分からないが、岸田とSSはさっさと撤退を始めたようだ。

破壊するぐらいの勢いで、鞠菜はギュウっとトランシーバーを握り締めた。腕力がないので実際には表面にヒビも入らないのだが。

「岸田……」

ガクリと膝《ひざ》を折って地面に座りこむ。

逆に、きらほはホッとしていた。

お茶が朝永にかかるのは予想外だった。あの綺麗《きれい》好きな朝永が怒って帰る、なんてことにならなくてよかった。ちょっぴり朝永のことを見直した。

だが逆にこうともいえる。それぐらい朝永は委員長とのデートを大切に思っている。

また胸の奥がチクリとした。

きらほはもう気がついていた。あまり認めたくなかったが、これは嫉妬《しっと》だ。仲むつまじい朝永と委員長に自分は嫉妬している。

（いやだなあ、もう）

きらほは野球帽を深くかぶりなおした。

いいじゃない、委員長と朝永がつきあっていたって。「トモトモコンビ」は理屈っぽい者同士でお似合いのカップルかもしれない。親友の委員長が幸せになるのはいいことではないか――。

そう思うのになぜか心の片隅にほんの少し、素直に祝福できない気持ちがある。

（なんなんだろう、これ）

きらほはまた、ため息をつく。

「――きらほ、二人が動き出しましたわ」

朝永と委員長がシートを畳み始めていた。そろそろ映画館に移動するのだろう。

「きらほ、どうしました？　行きますわよ」

「う、うん」

きらほは頷《うなず》くと、ゆっくり立ち上がった。

委員長と朝永《ともなが》が向かったのは、御苑《ぎょえん》から少し距離のある映画館である。

きらほと鞠菜《まりな》は一緒に映画館には向かわず、近くの長居のできそうな喫茶店に入る。映画終了の時間は分かっているので、今のうちに小腹を満たしておくつもりだ。

注文をとったウエイトレスがいなくなると、きらほは角テーブルの上に突っ伏した。

「う――――疲れたあ。もうやめようよ、鞠菜ちゃん」

「若いのにあれぐらい歩いただけで何が疲れたですか。大変なのはこれからですわよ」

鞠菜が一気飲みしたお冷のコップを、ガツンとガラステーブルの上に置いた。

「もう分かったよ。たぶん、朝永と委員長、二人の仲はガチ。鞠菜ちゃんの言うとおり、結構、前からつきあっていたかもしれない」

「ちょっと待ってください、きらほ。昨日と言っていることがまるっきり逆じゃないですか。もっと調べないと分かりませんわ」

「調べるとか言って、さっきはデートの邪魔をしようとしたじゃない。ああいうことするならもう私、協力できないよ。鞠菜ちゃん、一人で行って」

きらほはテーブルに伏せたまま上げた手をパタパタと振る。

「む――――。分かりました。もう岸田《きしだ》もいませんし、後はもう監視するだけです。でしたらきらほも、ついてきてくれますわよね？」

「う――――――ん」

正直言うと、もうきらほは朝永と委員長がどんな関係だろうと、どうでもよくなってきていた。いや……、本当はすごく気になるのだが、考えたくないのだ。考えると、色々、嫌なことを思いついてしまうから。

たとえば、以前、委員長が電話で朝永のことを悪く言ったのは、きらほのことを警戒していたからではないか、とか、きらほにしっぽが生えた原因を朝永が言い当てたのは、あの事件のことを委員長から聞き及んでいたからではないか、とか。

だから真実をはっきりと知りたくない、という気持ちが心のどこかにある。もしこのまま二人について行って、二人が恋人同士だということが明白になったらどうしよう、と不安になる。

それに、自分の嫉妬《しっと》と向き合いたくないというのも、理由の一つ。

「ここまでは想定の範囲内でしたけれど、大事なのはここからですわよ。映画を見た二人がその後、どこに向かうか。映画が終わればすぐに暗くなりますわ。夕食をとった二人は、ネオンの輝く街を歩いてですね……」

「……歩いて？」

「そんなこと、私は知りません」

顔を赤くした鞠菜がプイっと横を向いた。きらほは、ハ――っと、またため息をつく。

そのうち、注文したクラブハウスサンドイッチとジュースが運ばれた。こんな気分の時でも食欲があるのは、自分の胃に感謝である。

通常サイズの二倍はありそうなサンドを咀嚼《そしゃく》していると、鞠菜が青い瞳《ひとみ》をクルクルとさせてきらほの顔を覗《のぞ》きこんできた。

「ねえ、きらほ。きらほは、朝永《ともなが》のこと好きじゃありませんの？」

「!!」

きらほは思わずピクルスを喉《のど》に詰まらせそうになった。胸をトントンと叩《たた》きながら、オレンジジュースで流しこむと鞠菜《まりな》を睨《にら》みつけた。

「だから！　前にも言ったけど、私は手術費を返すために働いているのであって、そうでなかったらあんなムッツリなセクハラ男と一緒にいたりはしないの」

「本当ですか？　ある情報によると、医者が看護師や患者と結婚するケースは極めて多いらしいですよ。きらほはどちらにもあてはまるわけじゃないですか」

「どういう情報よ、それ。とにかく、たとえそうだとしても、私と朝永の場合はありえないの。たしかに顔はカッコイイと思うけど、あのイヤミな性格が駄目すぎ」

初対面といってもいいあの廊下で衝突した時の最悪の印象が、未《いま》だに頭にはりついて離れないのだ。

「そう言う鞠菜ちゃんはどうなのよ。鞠菜ちゃんだって、朝永の患者だったわけでしょう」

ジト目できらほが尋ねると、鞠菜は顔を真っ赤にしてうつむいた。人差し指でテーブルの上にのの字を書き始める。それが答えのようなものだ。

きらほは小さく天井を仰いだ。

（これはもしかして、いわゆる修羅場というやつでは？）

きらほのよく知る女子二人が、これまたきらほのよく知る男子を好きかもしれない。一歩間違えば、友人二人を一気に失いかねない状況だ。

「ねえ……。鞠菜ちゃん。あいつのどこがいいわけ？　鞠菜ちゃんの住んでいる世界だったら、あれぐらいかっこいい男いくらでもいるでしょう？　外国の男の子の知り合いだっているだろうし」

鞠菜は恥ずかしそうに目を伏せて、首からぶら下げているロケットをいじりながらポツリと言った。

「……お父様に似ているとこ」

「……」

こりゃ駄目だ、ときらほは額《ひたい》を押さえた。鞠菜の父親ならロケットの写真で見せてもらったことがあるが、朝永とは似ても似つかぬ純和風顔だった。重度のファザコンの鞠菜がそれを似ているというのだから、相当、朝永にやられているのだろう。

きらほは髪を掻《か》きながら鞠菜に言う。

「分かったわよ。今日一日は鞠菜ちゃんにつきあう。でも、次は駄目。だって、私、鞠菜ちゃんとも委員長とも友達なんだから」

頷《うなず》く鞠菜を見てきらほはもう一度、深く息をついた。

せっかくの休みなのに、今日はため息ばかりの一日になりそうだった。

3　霊脈の澱《よど》み

終了時間からしばらくすると、映画館から出てくる観客の先頭集団に交じって朝永《ともなが》と委員長が外に現れた。盛んに言葉を交わしているところを見ると、二人ともそれなりに映画を楽しめたと思われる。

二人は映画館を出るとメイン通りの方へ向かって行った。

「行くよ、鞠菜《まりな》ちゃん。この辺は人が多いからすぐに見失っちゃう」

「ええ」

きらほと鞠菜は電信柱の陰から飛び出して尾行を再開した。

朝永と委員長は人通りの多い通りを、繁華街やデパート街とは逆方向の新宿駅の方向に歩いていた。

(どこに行くつもりだろう?)

きらほは首を傾《かし》げる。夕飯にはまだ早い。時間を潰《つぶ》せる適当な喫茶店にでも行こうとしているのだろうか。

さらに二人は駅から延びる地下街に潜って行った。

「鞠菜ちゃん、もしかしてあの二人……?」

「まさかこのまま駅で解散なんてことは、ありませんよね?」

新宿近郊のマップと睨《にら》めっこしていた鞠菜が不審げな顔を上げる。

まだ十六時にも満たない時間である。小学生の外出じゃあるまいし、デート中のカップルがこんな早い時間で帰ることがあるだろうか。

朝永と委員長はそのまま新宿駅の私鉄乗り場に行くと、解散はしなかったが自動発券機で切符を購入して、二人揃《そろ》って改札口の方へ向かう。

同じく発券機の前まで行き、そこできらほと鞠菜は大いに慌てた。いくらの切符を買えばいいのか分からない。

結局、千円のプリペイドカードを買って、出発直前だった電車の朝永たちのいるすぐ後ろの車両に飛びこむ。

間もなく扉が閉まり、電車は動き出した。

「あの二人、どこに行くつもりなのかな?」

きらほは隣の車両をチラチラうかがいながら、眉《まゆ》をひそめた。

二人の乗った私鉄は、都心と郊外を結ぶ路線である。途中にこの時間からデートに使えそうな場所があるとは思えないのだ。

「トモコの家があるわけではないのですか?」

「委員長の家は新宿のマンションだけど……ああっ!」

そういえば老朽化したマンションのリフォームのため、しばらく新宿からほど近い下町のアパートに引っ越す、と言っていたのを思い出した。

「じゃあ二人は委員長の家に向かってるんだ。……でも、なんでだろ?　女の子を家に送るような時間でもないし」

「二人の仲はすでにトモコの親も公認の関係で、夕飯を一緒にするとかではありませんか？　そうでなければ、その……静かなところで二人っきりになりたいとか」

「でも今日、平日だよ」

委員長には妹が二人いる。この時間ならば家に誰《だれ》かいそうな気もするが。

「それに部屋で二人っきりになりたいのなら、朝永《ともなが》の家に行くんじゃない？　近いし」

「それはそうですが……」

二人は頭の上にはてなマークを浮かべた。

そうこうしているうちに新宿から三つほど行った駅で朝永と委員長は降りた。きらほと鞠菜《まりな》も続く。

「この駅で間違いないですか？」

「うん、たぶん」

以前、委員長から聞いた、仮住まいのアパートのある町である。

駅から出ると、委員長と朝永は肩を並べて再び歩き出した。地図も土地勘もない場所なので、きらほたちは慎重に跡をつける。

二人は、夕飯の買い物客でごったがえすアーケードの商店街を抜け、住宅街へと進んで行く。そこからさらに五分ほど歩き、三階建ての古めの鉄筋のアパートに入った。

きらほと鞠菜は隣家のコンクリートの塀から首だけ出してアパートの方を覗《のぞ》いた。二人が階段へ消えると素早くアパートに近づく。

（本当に探偵かスパイみたいだ）

　そんなことを思いながら、きらほは一階の集合ポストを調べる。部屋番号から委員長の部屋が二階の角部屋であることを確認し、もう一度、塀まで撤退して二階の一番東側の部屋に目をやった。

　その部屋に電灯が灯《とも》る。どうやら委員長の家は留守だったらしい。ベランダのガラス戸に、人影らしきものもぼんやりと映る。

「ただの見送りなら、すぐに朝永だけ戻ってきますわよね？」

　心配そうな声を出す鞠菜に、きらほは無言で頷《うなず》いた。

　固唾《かたず》を飲んで部屋を見守る。

　そしてしばらく。

　朝永がアパートから出てくる様子はない。

「なにをやっているのかしら」

「せっかくここまで来たんだもの。お茶の一杯くらい出すんじゃない……かな」

　そう言うきらほも、自信なさげである。

　無言のまま、さらに待ち続ける。

　だんだんと辺りが薄暗くなってくる。

　真っ赤な空から森に帰る烏の鳴き声が聞こえる。懐かしいチャルメラの音に、遠くの線路から電車の汽笛の音……。

突然——。

委員長の部屋のカーテンが閉められた。

きらほと鞠菜《まりな》は同時に息を呑《の》むと、顔を見合わせる。

「きらほ……。朝永《ともなが》は……、まだトモコの部屋にいますわよね？」

「うん、たぶん」

「……」

「……」

黙りこむ二人。

誰《だれ》もいない家にクラスメイトの男子を招き入れて二人っきりになった上、カーテンまで閉める。よほど親しくない限りできないのではないか。

これは確定的だ——。

ややあって、ポツリと鞠菜が呟《つぶや》いた。

「……帰りますか」

「そだね」

きらほは静かに答え、ゆっくりと回れ右をした。夕焼け色に染まったアスファルトに視線を向けたまま、来た道を戻り始める。

鞠菜と並んでトボトボと歩きながら、きらほは思う。

（やっぱり知らなければよかった――）

事実を曖昧《あいまい》なままにしていた方が、まだ気持ちは楽だったのに、と。

（本当に朝永と委員長がつきあっていた。……だとしたら）

だとしたらどうなるのか、明日から二人にどう接すればいいのか、きらほは思いを巡らせた。

しかし答えはすぐには出てこない。裏切られた気持ちや、嫉妬《しっと》、疑惑といったいくつもの感情が重なり合って生まれた灰色の霧が脳裏をグルグルと回っているせいだ。五里霧中の頭では思考はできない。

張り詰めた雲を追い払うため、きらほは無理に楽しいことを考えようとした。しかし、頭に浮かんだそれらの事象は、頭の奥から押し寄せてくる霧によって次々と覆いつくされていく。脳内全域に発令された濃霧警報はそう簡単には解除されそうにない。

「ハ――――――――――――――――――――」

今度こそため息はこれで打ち止め……、と心の中で決めながら、きらほは特別長いのを吐く。しかし、寝るまでの間にさらに百回ぐらいはつきそうな予感がした。

――と。

急に、きらほは歩みを止めた。

隣の鞠菜《まりな》もほとんど同時に立ち止まる。

視界に夕日で長く延ばされた人影があった。それも見覚えのありそうなシルエットだ。

きらほはゆっくりと顔を上げながら、影の先端の頭から足元まで追った。

黒いスラックスが目に入る。

一気に顔を上げた。

徹夜明けの朝のようにボーっとしていた顔がギョッと引《ひ》き攣《つ》った。大きなサングラスが団子鼻からずり落ちそうになる。

「ヒィッ！」

きらほの横で、鞠菜がお嬢さまらしからぬ悲鳴を上げた。

それもそのはずである。

二人の目の前には夕日を背に憮然《ぶぜん》と立ち尽くす、朝永怜央麻《ともながれおま》の姿があったのだ。

＊

「尾行とはあまりよい趣味とはいえないな、桜乃《さくらの》きらほに大江《おおえ》鞠菜」

朝永は低い重みのある声をゆっくりと発した。

「どどどど、どうやって？」

きらほは泡を食った顔でアパートの方を指差した。

「田中《たなか》を部屋に送った後、廊下から貯水塔の梯子《はしご》をつたって一階に下りた。裏口があったからそこを使って回ることができた。それだけの話だ」

朝永は淡々と答える。

「私たちのこと、いつから気がついていたの？」

「最初からだ。あんな尾行で、俺《おれ》が気がつかないとでも思ったか？　それになんだその格好。変装と仮装を勘違いしているんじゃないのか？」

朝永は凍《い》てついた視線を二人に送ると、大きく腕を組む。

「どういうわけか説明してもらおうか、桜乃きらほ？」

「ええっと、その、なんていうか……」

きらほはばつが悪そうに帽子からはみ出した前髪をいじり始めた。

「きらほは悪くありませんわ。私が強引に誘ったんですから」

鞠菜がかばうように一歩前に出た。

「ふむ。ならば、大江が説明してくれてもかまわない。どうして俺と田中をつけ回したりした？」

「それはその……。不純異性間………」

鞠菜は尖《とが》らせた口をゴニョゴニョゴニョと動かす。

「あれのどこが不純だ。公園で飯を食べて映画を見ただけだぞ。今時、小学三年生でもやっていることとと思うが」

「……結果的には、その、たしかにそうですけど……」

「それに、大江《おおえ》。お前、御苑《ぎょえん》に岸田《きしだ》と妙な男たちを連れてきていただろう?」

「な、なんのことかしら?」

鞠菜《まりな》は顔を背ける。

「連中のお陰で汚れてしまったではないか」

朝永《ともなが》はスラックスの裾《すそ》を摘《つま》み上げて、不機嫌そうに口を歪《ゆが》めた。

「……………」

「……………」

気まずい沈黙の後、きらほは目を瞑《つぶ》り上体を九十度傾けた。

「ゴメン、朝永……」

胸が罪悪感でいっぱいになっていた。

人のデートを見張るなんてやってはいけない。そんなことは、きらほもよく分かっていた。ところが二人を追跡しているうちにだんだんとその辺のモラルが麻痺《まひ》していき、いつしか何とも感じなくなっていた。ところが、朝永を目の前にしたとたん、突然、麻痺が解けた。酷《ひど》いことをしてしまったという気持ちが胸の奥から溢《あふ》れ出してきたのだ。

きらほに続いて、隣で鞠菜も「すみませんでしたわ」とペコリと頭を下げた。

「謝る必要はない。理由を聞かせてくれ」

「それは……」

顔を上げて、きらほは口ごもる。きらほ自身、まだ完全には理由を分かっていないからだ。

きらほが唇を噛《か》んで黙っていると、朝永は額《ひたい》を指で押さえてため息をついた。

「まあいい。田中《たなか》には気がつかれなかったから、結果的に問題はなかった」

「でも、私たちがいたから……、その、朝永は委員長の家に入れなかったんじゃない？」

きらほは申し訳なさそうに体を縮こませた。

「そんなことはない。ここまで来たのも、田中に呼ばれたわけではないからな。田中の家の周りを調査したくて俺《おれ》が強引についてきただけだ」

「『調査!?』」

きらほと鞠菜の声が重なる。

「お前たちがそこで突っ立っている間に、大体調べは終わったんだが……、これから最後の確認をしようと思っている。せっかくここまで来たんだ。お前たちにも少しばかり手伝ってもらおうか」

ポカンと口を開けた二人に、朝永は不敵な笑みを飛ばした。

「ここが丁度よさそうだな」

朝永は西日の照りつける委員長の住むアパートの屋上に、きらほたちを連れて上がった。

ありふれた古い集合住宅の屋上である。ところどころ苔《こけ》の生えたコンクリートのタイルの床に、エアコンの室外機や使われなくなって久しいような物干し台がまばらに置かれてある。

(何をするつもりなんだろ?)

きらほは少し不安気な顔で横の朝永《ともなが》の顔を見上げた。こんなところを委員長に見つかったらなんて説明しよう、と考える。

「大江《おおえ》は人が来ないか見張ってくれ。桜乃《さくらの》はこれを持つ担当だ」

朝永はジャケットの内側のポケットから、金属製の薄い筆入れのようなものを出した。蓋《ふた》を開けると、中には竹と赤い和紙のようなものが折り畳んで入れられている。それを組み立てると、時代劇に出てきそうな風車が完成した。

きらほはかけっぱなしにしていたサングラスをずらして、朝永から手渡されたその風車をしげしげと眺めた。

思わず、しとしとぴっちゃんと歌いたくなるような、外見はただの風車である。ただし不思議なことに、さっきから辺りは凪《な》いでいるのに風車がゆっくりと回っている。

「朝永、なにこれ?　どうなっているの?」

「そのうちに分かる。大江、そっちは大丈夫か?」

「ええ。人が来そうな気配はありませんわ」

階段の横に立っていた鞠菜《まりな》が、口に手を当てて叫ぶ。

「では始めよう」

朝永は屋上の真ん中へと進むと、すっと腕を真横に伸ばした。袖《そで》の中から黒くて細長い杖《つえ》が現れ、朝永の手に収まる。

（仕込《しこ》み杖《づえ》！）

驚いたきらほの前で、朝永は杖を手の中でクルクルと回すと、屋上のコンクリートの上に先端で円を描き始めた。先端はチョークのようになっていて、コンクリートの上に白い幾何学模様が描かれていく。きらほにも見覚えのある模様。星とサークルが交わった魔方陣である。

朝永は魔方陣を描き終えると、今度は左腕を伸ばした。左手に手のひらサイズの黒い文《もん》書《じょ》が現れる。

ペラペラと親指で文書を何ページかめくり、続けて呪文《じゅもん》を唱えた。

〈我は請う。汝《なんじ》の竜が、我が四海に現れんことを〉

杖でトンとサークルを叩《たた》く。

瞬間。

ブ――ンと、ものすごい勢いできらほの持っていた風車が回転し、帽子とサングラスを吹き飛ばした。きらほは驚いて尻餅《しりもち》をつく。鳩《はと》が豆鉄砲を食ったような顔を上げた。

「今のなに？　なにがどうなってるの？」

「その風車は霊脈と呼ばれる魔力の流れを受けて回る。俺《おれ》が今使ったのは、サークルに魔力を集中させて解き放つ、単純な魔法だ」

「うん？　つまり、風車が回ったのは、朝永《ともなが》が放った魔力を受けてってこと？」

「そういうことだ。さあ、これから今の魔法を連続して実行する。お前はその風車を持って、田中《たなか》の部屋の前までひとっ走り行ってこい」

「それにどういう意味があるの？」

朝永に引っ張ってもらって立ち上がりながら、きらほは首をひねった。未《いま》だに朝永がやろうとしていることが見えてこない。

「発生した魔力の波は、サークルを中心に球状に広がっていく。魔力が伝播《でんぱ》するのはアストラル世界《プレーン》であり、物理空間の形状や距離には依存しない。正常な世界ならば、このアパートのどこに行っても風車は回るはずだ」

「？？」

理解できないきらほに朝永は面倒くさそうな顔をすると、蝿《はえ》でも払うように手を振った。

「後でお前の足りない頭にも理解できるように懇切丁寧に説明してやるから、とにかく行ってこい。じゃあ始めるぞ」

憎まれ口に頬《ほお》を膨らませるきらほを無視して、朝永は杖《つえ》でサークルを叩《たた》き始める。同時に、きらほの手の風車も回転しだした。

「さあ行け。田中に見つかったら巧《うま》く誤魔化《ごまか》すことだ」

「分かったわよ」

きらほは不服そうな顔で頷《うなず》くと、回れ右して走り出した。

鞠菜《まりな》の横を通過すると屋上の出入口から階段を下っていく。朝永《ともなが》の言葉通り、屋上から離れて行っても、風車は等間隔で勢いよく回り続けた。

二階の踊り場まで下りたところで、きらほは立ち止まる。

「ええっと、どっちだっけ？」

ちょっと考えて、夕日と反対の方向へ向かう。

廊下を進んで一番奥の、委員長の部屋の玄関前に差しかかった時である。

それまで景気よく回っていた風車が――、
突然、止まる。

（あれれ、朝永、魔法使うの止《や》めた？）

そう思いながらも、言われた通り委員長の部屋の前まで行き、廊下の端の壁にタッチして引き返す。

隣の部屋の前に移動する。

――ブ――ン、ブ――ン……。

再び風車が一定間隔で回りだした。

「ん？」

きらほはその場で足踏みしながら留《とど》まった。進行方向に体を向けたまま後退する。

委員長の部屋の前まで戻る。すると、やはり風車が止まる。同じように前方に移動すると風車が回りだす。

（これって、どういう？）

きらほが立ち止まって眉《まゆ》をひそめていると、部屋の扉からカチャリと鍵《かぎ》の開く音がした。

（まずっ！）

きらほは大慌てで走り出した。廊下を駆け戻り、屋上へ引き返す。

「行ってきた――」

きらほが真っ赤な顔で帰ってくると、朝永はサークルを叩《たた》くのを止めた。杖《つえ》と文書《もんじょ》をジャケットの袖《そで》に戻し、きらほに視線を送る。

「どうだった？　何か異変はあったか？」

「あった。なんか……委員長の部屋の前だけ……風車が……回らなかった」

きらほはゼーゼー肩で息をしながら階段の方を指差した。

朝永は短く「そうか」と答えると、コンクリに描かれたサークルを靴で消した。一人でスタスタと階段の方へと歩き出す。

「ちょっと、どういうことなのよお」

追いかけるきらほに朝永は険しい顔で答えた。

「田中《たなか》の家の周りは〝霊脈の澱み点《stagnation point》〟になっている」

「どういうことなのか、教えていただけませんこと？」

説明は医院《うち》で、と言う朝永《ともなが》と共に、すでに暗くなった新宿三丁目の白川《しらかわ》医院に戻ると、鞠菜《まりな》は診察ベッドに腰を下ろしながら言った。慣れない公共交通機関による移動を繰り返したからか、小さな顔には疲れが漂っていた。

「なにから説明すればいい？」

スラックスを履き替え、ジャケットを脱いで白いシャツ一枚になった朝永が、いつものように机に腰掛けた。その手にはアイスコーヒーがなみなみと注がれた特大のマグカップが握られている。

丸椅子《まるいす》のきらほが手を上げた。

「じゃあとりあえず、すたぐなんたら、から」

「stagnation point……。日本語で言うと〝澱《よど》んだ箇所〟という意味ですわね」

十二ヶ国語に堪能《たんのう》、という鞠菜が口を挟むと、朝永は仰々しく頷《うなず》いた。

「そうだ。〝霊脈の澱み点〟とは、言葉の通り、霊脈が澱んでいる場所のことを意味する。以前、桜乃《さくらの》には言ったがこの世界にはフィジカルプレーン《物理的世界》とアストラルプレーン《精神的世界》の二つがある。そのうち、アストラルプレーンには、魔力ポテンシャルの高低差により、霊脈と呼ばれる魔力の『フロー《流れ場》』が発生する。だからこのように風車が回るわけだ」

朝永は机の書籍の間に立てられた、ゆっくりと回転する赤い風車に視線を向ける。

「だが、アストラルプレーンの一部、たとえば強い霊脈と霊脈が衝突するような界面では流れが止まってしまい、澱みが発生してしまう。そうだな、たとえば小川の岩の陰になった場所でクルクル回転しながら流れて行かない笹舟《ささぶね》を見たことがあるだろう？　あれが澱みだ」

きらほは、「うんうん」と、頷きながら真剣に耳を傾ける。

「トモコの家の近くできらほの風車が回らなかったというのは、つまり、あの近くが〝澱み点〟になっている、というわけですわね」

鞠菜が理解の早い優等生のようにフォローを入れる。それから金髪を耳にかけながら、怪訝《けげん》そうに眉《まゆ》をひそめた。

「霊脈の〝澱み点〟にいると……、人に何か問題が起こるのですか？」

鞠菜の言葉に、きらほはハッと顔を上げる。

朝永は答える代わりに机から下りると、流しの方へ行った。どうやらマグカップの中身をもう飲み干してしまったらしい。

流しの横の小さな冷蔵庫から水出しコーヒーのストックのボトルを出しながら、朝永は背中越しに話した。

「お前たちが田中《たなか》のアパートの前でボケーっと俺《おれ》が出てくるのを待っている間に、住宅地の周りを少し歩いてみた。近くにあった古い案内図によると、元々田中のアパートが建っていたところには小さな社《やしろ》があったらしい。古来より霊脈の衝突地点には社や仏閣が造られることが多い。なぜなら、そういった場所は魔力が停滞するだけでなく、面倒なものが留まってしまうからだ」

「面倒なもの……？」

「ミアズマ……。瘴気《しょうき》と呼ばれる物質だ。腐敗した魔力のなれの果ての姿であり、人のアストラル体にとって有毒な存在だ」

朝永《ともなが》は二杯目をすすりながら戻ってくると、きらほが初めて医院を訪れた時にも見せた黒い背表紙の洋書を開いた。

きらほと鞠菜《まりな》が本を左右から覗《のぞ》きこむ。そこには［miasma］という見出し文字と共に、雲のようなイラストが描かれてあった。

「お前たちは流行性感冒、つまりインフルエンザの語源を知っているか？」

「インフルエンザの語源？」

オカルトな話題から突然、現実の病名に変わったので、きらほと鞠菜は驚いて顔を向きあい、同時に首を振った。

朝永が墨染めの髪を掻《か》き上げる。

「インフルエンザはラテン語で『影響』という意味だ。英語のinfluence《影響》と語源は同じだな。インフルエンザという名称が病名として使われ始めたのは、十六世紀のイタリア。ウイルスの概念がなかった当時、毎年、冬になると多くの人間がかかるこの正体不明の病気の原因を、汚染された空気としていた。この空気は天体の星の配置の『影響』によって、量が毎年決まると考えられていた。だからそういう名前がつけられたわけだ」

きらほは、あっ、と何かに気がついたように口を開けた。

「もしかして……その汚染された空気というのがミアズマなの？」

紅い瞳《ひとみ》を鋭く細めて朝永は「そうだ」と答える。

「医学の進歩により、インフルエンザの原因としてミアズマが使われなくなって久しい。だが、それは肉体側の話だ。人のアストラル体にミアズマが長期間纏《まと》わりつけば……、アストラル性急性感冒になることがある」

「それって……！」

きらほは体を震わせた。ようやく、朝永が何を言おうとしているのか分かる。

「つまり、トモコがインフルエンザ、ということですね」

鞠菜が落ち着いた声で言う。朝永は首を縦に振った。

「トモコに近づいたのはそれを確認するためですか？　昨日、物理部の部室にいたのも？」

「先日、すれ違った時、田中《たなか》の目が赤い光を帯びていたことに気がついた。赤目発光はアストラル体のミアズマ汚染の代表的な症状だ。その時はまだ確証を持てなかったが、昨日、間近で見ることで確信した」

「「あっ」」

きらほと鞠菜の声が重なる。昨日のキス疑惑事件を思い出した。

「今日、公園内で話すことでいくつかの興味深い話を聞くことができた。最近夜、息苦しくてよく目覚める、とか、あの部屋は住人が度々、入れ替わるために破格の安さだった、とかいった内容だ。おまけに、家の周りは澱《よど》み点になっている。状況証拠ばかりだがこれだけ揃《そろ》えば確証といえるだろう」

「じゃあ映画に誘ったのも、二人で御苑《ぎょえん》を歩いたのも、家まで送ったのも!?」

きらほは噛《か》みつくような声を出す。朝永《ともなが》はしれっとした顔で応じる。

「回りくどい方法だが、話を聞いて家まで調べに行くのに一番都合のよい方法だと考えた。実際それで必要な情報も集められた」

「そういうことでしたの」

鞠菜《まりな》がホッとしたような、しかし素直には喜べないような顔をした。

「それで、委員長のかかったインフルエンザってどんな病気なの?」

不安を顔に浮かべてきらほは尋ねる。通常のインフルエンザなら特効薬があるから、めったなことでは酷《ひど》いことにならない。だがオカルトとなると常識は通用しないから油断できない。

「発病した瞬間、アストラル体の呼吸器系が麻痺《まひ》し、併行して肉体側の呼吸困難も引き起こす。酷い場合は意識昏睡《こんすい》、運が悪ければ死ぬ」

「!!」

想像以上の重い症状に、きらほは声にならない悲鳴を上げた。丸椅子《まるいす》から勢いよく立ち上がると朝永に詰め寄る。

「委員長にはそのことを伝えたの?」

「いや。この手の発病するまで肉体に明確な症状の出ないオカルト性疾患は、説明しても患者に信用されにくい。ましてや相手は田中《たなか》だ。額《ひたい》に手を当てられるか、鼻で笑われるのがせきの山だ」

「そうかもしれないけど！　このままだと委員長の体が酷いことになるかもしれないんでしょう？　放《ほう》っておくつもりなの？」

きらほは泣き出しそうな顔で朝永のシャツの襟元にしがみつき、体を激しく揺する。

「放っておくつもりなら、わざわざ映画に誘ってまでして調べるわけがあるか」

朝永がうろたえた声を出すと、きらほは手を止めた。

「そ、それもそうよね……」

「分かったらその手を離せ。伸びるから」

きらほは襟元を掴《つか》んだ自分の手に目をやると、顔を真っ赤にして朝永から離れた。後ろで鞠菜が「コホン」と咳払《せきばら》いをする。

「それで治療法はあるんですの？　またアストラル体の手術ですか？」

「手術……」

きらほは唇を噛む。

病気のことを知らない委員長に手術を受けさせるのは簡単なことではない。あの委員長を医院まで連れてきて、オカルト手術に同意させるなんてことができるだろうか……。よしんばできたとしても、手術費三百万円の問題がある。そうそう用意できる額でないことは、身に染みて知っていた。

「……手術費なら、私が委員長の手術の分も働いてもいい」

きらほは決意の篭《こも》った瞳《ひとみ》で朝永《ともなが》を見上げた。高校卒業後も白川《しらかわ》医院で無料奉仕すること確定だが、全然かまわない気がした。

「そ、それなら、私が払ってもいいですわよ。トモコには今日、いろいろと迷惑をかけましたし」

鞠菜《まりな》が横を向きながらボソボソと言う。

朝永がフッと口元を緩ませた。

「お前たちの気持ちは分かった。俺《おれ》にとっても田中《たなか》は中学からの同級生だ。発病前に治療したい気持ちは同じだ。費用が障害になるようなら、治療費は取らなくてもかまわないと思っている」

「朝永！」

きらほは歓声を上げた。初めて出会ってから、今ほど朝永がいい奴に見えたことはない。

「それに急性感冒を治すのに手術は必要ない。古くからある病気ゆえに、elixir《魔法薬》の製造法も数多く伝承されている」

朝永は机に座ったまま引き出しを開けると、碁石入れに似た漆器の薬籠《やくろう》を取り出して、蓋《ふた》を開けた。中には錠剤が大量に入っていた。形状的には普通の市販薬と同じだが、長さは二センチ、直径は五ミリほどあってやや大きい。表面には五芒星《ごぼうせい》の柄と、その周りにものすごく小さな文字が書かれてある。

「肉体側に飲ませるだけでアストラル体に纏《まと》わりついた瘴気《しょうき》を周囲に散らす特効薬だ。田中のマンションは来月にはリフォームが終わる。今、散らしておけば次はないだろう。幸い話を聞く限り、田中の家族は感染していないようだ」

「こんなもので……」

きらほは人差し指と親指で挟んだ錠剤をまじまじと見つめた。

「問題はどうやってそれを飲ませるか、ですわね」

鞠菜が華奢《きゃしゃ》な腕を組む。

一番よいのは委員長に真実を話して、自分から飲んでもらうことだ。そのためには朝永が魔法医をやっていることから順を追って説明するしかないが、それでもあのオカルト嫌いな委員長を信用させられるかどうかは疑問だ。朝永の言う通り、一笑に付される可能性は極めて高い。となると、委員長に気がつかれないよう、こっそり飲ませるしかない。

「これは砕いて飲んでも効くの？」

砕いてよいのであればケーキやクッキーにでも混ぜて食べさせる手もある。

「駄目だ。表面の五芒星と呪文《じゅもん》がないと、ただの小麦粉の固まりになる」

「ということは噛《か》んでも駄目？」

「自明だな」

「だとしたら……結構、大変ですわね」

「う――――ん」

しかめっ面で、きらほは唸《うな》る。口に入れさせることも難しいのに、そのまま噛《か》まずに飲みこませるなんて。

「最初から田中《たなか》のインフルエンザの確証が持てたら、お前たちに手伝ってもらうつもりだった。女子の方がなにかと田中に接近するチャンスは多いだろうからな。田中に薬を飲ませる方法を考えてくれ」

朝永《ともなが》は錠剤を複数個渡しながら二人の顔を見渡す。

「うん。分かった。なんとかして飲ませる」

「分かりましたわ」

きらほと鞠菜《まりな》は硬い表情で頷《うなず》いた。

「タイムリミットは？　朝永の見立てだと発病するのはいつ頃《ごろ》？」

「精密に検査をしなければ分からないが……、今の家に引っ越した時期と、すでに肉体側に現れた症状から考えると、時間はそれほど残されていないはずだ」

「……」

きらほは薬を包みこんだ手をギュウッと、握る。

なんとしてでも飲まさなきゃ――、と思う。

今日、自分は委員長に酷《ひど》いことをした。デートをつけまわして、疑って、おまけに嫉妬《しっと》までした。償いをしなきゃ、と。

――いや、そうじゃない。

きらほはすぐに自分の思惟《しい》を打ち消した。

償いなんて関係ない。

委員長は親友だから。大好きだから助けたいんだ。友達のピンチを助けたいと思うのは当たり前だって――、気がついた。

（今日の埋め合わせは別のとこでしなきゃ。……あと、その前に謝らないとね）

きらほは頷くと鞠菜の方を勢いよく向いた。

「鞠菜ちゃん！　これからT＆T作戦パートツーを練ろう！」

4　ポイズン　キス

翌日の木曜日――。

四限の授業が終わり、教室に喧騒《けんそう》が広がっていく。

きらほは前に座る委員長の肩をトントンと叩《たた》いた。

「委員長。一緒にお弁当食べよ」

「おう」

委員長は頷くと、いつものように椅子《いす》を逆に向けて弁当をきらほの机の上に移した。

「私もご一緒させていただいて、よろしいかしら」

いつの間に現れたのか、小さな塗りの弁当箱を持った鞠菜《まりな》が横の通路に立っていた。

「私は構わないが」

「では失礼いたしますわ」

鞠菜は空いた椅子《いす》を動かしてくると、二人の弁当の間に自分のものを置く。

——チラリ。

きらほと鞠菜が目配せをしあう。作戦開始の合図だ。

(さあやるわよ)

きらほは頭の中で息巻いた。

昨日、白川《しらかわ》医院で検討した結果、委員長に投薬する最大の狙《ねら》い目は昼食時、という結論に至った。学校生活で学生が口を動かし喉《のど》に何かを通過させるのは、ほとんどこの時間しかない。そして、きらほたちが今、実行に移そうとしているのは、激論と数々の実験の末に生まれた虎《とら》の子の作戦、その名も「オペレーション・カプサイシン(鞠名命名)」である。

きらほと鞠菜がニコニコと微笑《ほほえ》みあっていると、箸《はし》を持った委員長が眉《まゆ》をひそめた。

「どうした、二人とも薄気味が悪いな。私の顔に何かついているのか?」

「ううん。なんでもないよ」

「なんでもありませんわ」

きらほと鞠菜は怪しい微笑を顔に張りつけて否定すると、二人とも慌てたようにお弁当の蓋《ふた》を開けた。委員長も首を傾《かし》げつつ食事を開始する。

「そういえば、今日からプールだね」

打ち合わせ通り、きらほから話を振る。

六花学院《りっかがくいん》は先週がプール開きであった。先週は男子がプールで女子が百メートル走だったので、今週はその逆である。

「午後一のプールって嫌だよね」

食後なので、毎年、クラスで一人は気分が悪くなって保健室に行くことになる。これは秋から始まるマラソンでも同じことがいえる。

「そうだな。だから、私はプールの日は、できるだけ消化のいいものにしてもらってる」

そう言う委員長のお弁当は、サトイモのにっころがしに、ササミのホイル焼き、ほうれん草のお浸しに、小さなおにぎり。たしかに胃にやさしそうだ。

「そういえば、トモコ。昨日の映画はどうでしたか？」

鞠菜が急に話題を変えた。委員長の顔が一瞬だけ、サッと赤みを帯びた。

「想像とは違っていたがなかなか楽しめた。時にはああいう映画も悪くないな」

「朝永《ともなが》はなんて？」

「陳腐だと言っていたな。まあ、あの男らしいだろう」

鞠菜がジィーッと委員長の左手を見つめる。視線の方向には絆創膏《ばんそうこう》が貼《は》られてある、朝永が昨日、御苑《ぎょえん》で唇を当てたあれだ。

「なかなか変わった絆創膏《ばんそうこう》を貼《は》られていますわね」

「こ、これか？　やはり目立つかな」

委員長は箸《はし》を動かすのをやめると、眼鏡《めがね》の奥の瞳《ひとみ》を優しげに細めて絆創膏を見つめた。

鞠菜《まりな》が不機嫌そうにムウっと口をつぐむ。

(ちょっと、鞠菜ちゃん！　趣旨、かわってるよ‼)

予定では鞠菜が今の話から、きらほのお弁当の中身の話題に繋《つな》げていくはずだった。

「そ、そういえば、今日のお弁当、オリジナルの新メニューを入れてみたんだけど」

きらほは自分のお弁当の中の卵焼きを、お行儀悪く箸で指した。

「ジャジャ――ン。激辛ハバネロ入り卵焼き！」

ハバネロはメキシコ原産のオレンジ色をした唐辛子《とうがらし》である。一般的な唐辛子の何十倍も辛く、小さなピーマンのような形をしている。それを一個丸ごと薄切りスライスにして卵焼きの中に入れたのが、きらほ謹製、激辛ハバネロ入り卵焼きだ。昨晩きらほが試しに食べたところ、ひとくち口にしただけで辛さ爆発、木《こ》っ端微塵《ぱみじん》、幻の象がパオーン、とすぐに飲み物で流しこむことになったほど、激辛だった。

「激辛……だと？」

委員長の目が光る。「よしっ、食いついてきた」ときらほは胸の中で拳《こぶし》をつくる。

「委員長、辛いもの好きだよね。どう、挑戦してみない？」

きらほは何か企《たくら》んでいるような顔で、委員長の方にお弁当を突き出した。

実は……、卵焼きにはハバネロと一緒に朝永《ともなが》の薬が仕込まれてある。

辛いものに目のない委員長なら必ず挑戦すると予想した。しかし、いくら委員長でもこれだけ辛いものは咀嚼《そしやく》できず、たまらず飲み物に手を出してしまうだろう。それでハバネロと一緒に無傷の薬も飲みこまれるという寸法だ。これが「オペレーション・カプサイシン」の全容である。

「う――む、しかし」

委員長がオレンジ色の物質で大渋滞の卵焼きの断面をしげしげと見つめる。

「さすがの委員長も、これは無理かなあ」

きらほがベタな挑発をすると、委員長は悩んだ挙句《あげく》に頷《うなず》いた。

「よし、では挑戦してみよう」

きらほはほくそ笑み、委員長のコップに自分の麦茶をなみなみとついだ。

「我慢ができなかったらすぐに飲みこんだ方がいいよ。口の中、ナパーム弾だから」

「そんなにすごいのか。では……」

委員長はきらほのお弁当箱に手を伸ばすと卵焼きを箸でつまんだ。

委員長の口に運ばれていく黄色とオレンジの物体に、きらほと鞠菜の視線が集まる。あの中には最低でも二つの薬が入っているはずだ。

パクリと、卵焼きが委員長の口の中に収まる。

「むむっ！　むむむ――」

眼鏡《めがね》の向こうの瞳《ひとみ》が大きく開き、グルグルと回る。

きらほは胸の中でガッツポーズを決めた。

（よしっ、成功！　さあ、我慢せずに麦茶で流しこむのよ、委員長！）

万歳三唱しようと、手が肩から上がりかかった。

――上げられなかった。

委員長はコップに手を伸ばすどころか、あろうことか咀嚼《そしやく》をすすめていた。

きらほの目が、未知の生命体でも見ているかのようになる。

「い、委員長、辛くないの？」

「辛いには辛いが……（モグモグ）、ものすごいほどでもない。なかなか美味《おい》しいぞ」

委員長はそのまま咀嚼を続けた後、ゴックンと飲みこんだ。恐らく中の薬は大量のハバネロと一緒に噛《か》み砕かれてしまったことだろう。

（ちょっ、きらほ！　どういうことです。全然平気じゃないですか！）

横の鞠菜《まりな》がきらほの耳に囁《ささや》いてきた。

（そんなこと言われたって、分からないよー。委員長の舌ってウルトラマグネシウムかガンダリウム合金でできているんじゃないの？）

（きらほがハバネロの代わりにオレンジパプリカでも使ったんじゃありませんの？）

（そんなドジ、してないわよ。……たぶん）

「ちょっと、私も食べさせていただきますわ」

鞠菜が卵焼きに箸《はし》を伸ばすと、口に放《ほう》りこんだ。

「たしかに、見た目ほど……」

などと言っていた鞠菜の口が止まる。

白い顔が見る見るうちに赤く染めあがっていく。次の瞬間、椅子《いす》から立ち上がると、全力疾走で教室から飛び出して行ってしまった。

「どうしたんだ、大江《おおえ》は」

不思議そうな顔をする委員長に、きらほは額《ひたい》に指を当てて首を振った。


「まったく、酷《ひど》い目にあいましたわ」

昼食が終わって、昼休憩時間。きらほ、鞠菜と朝永《ともなが》は、校舎屋上へ集合していた。

「あんな辛いものを平気な顔で食べるなんて、トモコの口はどうかしていますわ」

未《いま》だに赤い唇をさすりながら、鞠菜は恨めしそうな声を出した。

「ハバネロの話はもういいよ。……それより、作戦失敗しちゃったね」

きらほはフェンスに背中を預けて、コンクリートの床を見つめた。

練りに練った作戦だった。実験も何度かして、成功間違いなしだと思っていたのだが、まさか委員長の辛いもの好きが逆効果になるとは。

「やっぱり噛んじゃ駄目、の縛りが厳しいよ」

「だろうな。人間は生理的に口に入れた固形物をそのまま飲みこんだりはしない。薬やサプリメントを内服する行動は効用を認識しているからこそできるのだ」

朝永《ともなが》がフェンスから遠くを眺めながら言う。

「せめて液体だったら、もっと方法があるのに。作れないの？」

「無理だな。肉体側からアストラル体に働きかけるには、魔法の発動が不可欠だ。そのためにはどうしても、魔方陣と呪符《じゅふ》が必要になる」

「う――――ん。他《ほか》になんか、いい方法ないの！」

きらほは茶毛の髪をクシャクシャにしながら叫ぶ。

鞠菜《まりな》がパンと手を叩《たた》いた。

「いい方法ならありますわ」

「本当？」

「ええ。これなら確実です。まず、きらほがトモコを人気《ひとけ》のない校舎裏に呼び出します」

「うんうん。それで」

「ノコノコ現れたところをいきなり朝永がトモコを後ろから羽交い絞めにして、私が鼻をつまんで、口が開いたところにきらほが薬を投げこむんですわ」

目を期待で輝かせて聞いていたきらほが、ガックリうなだれる。

「……薬は飲ませられるけど、それじゃあ友情が終わっちゃうよ」

「覆面をしてやれば顔は割れないですわ」

「でも委員長、きっとトラウマになっちゃうよ……」

ダメダメと手を振ると、きらほは朝永の顔を見上げた。

「……もし、今日一日考えてみて、巧《うま》い方法が浮かばなかったら、私、委員長に一度、本当のことを話そうと思うのだけど、朝永はそれでもオッケー？」

そうなれば朝永がオカルト医師であることから話す必要がある。

朝永は髪を掻《か》き上げると、紅い瞳《ひとみ》を細めてきらほの方を向いた。

「問題ない。ただし、あの田中《たなか》を信用させることができるか？」

「分かんない。でも、ちゃんと説明すれば、たぶん」

きらほは自信なさげに小さく頷《うなず》き、唇をグッと噛《か》んだ。

＊

「ハァ――――」

五十メートルクロールのタイム計測を終えたきらほは、コンクリートのタイルの上に座るとため息をついた。

午後一の体育。待ちわびていた高校生活最初のプールの授業にもかかわらず、きらほの表情は暗い。

天日で焼かれたタイルの上に、髪から水滴が落ちて蒸発していく。濡《ぬ》れた水着のお尻《しり》がジワーっと蒸れるプールの授業特有の感覚を味わいながら、きらほは、一昨日からため息ばかりついているな、と思う。

最初は朝永《ともなが》と委員長がデートということに戸惑い、次に鞠菜《まりな》の暴走に驚き、そして今は委員長にどうやって薬を飲ませるかで悩んでいる。しかし、悩みの緊急度はこれまでと比較にならないくらい高い。早く薬を飲ませないと、委員長の身が危ない。

めったなことではすぐに死ぬようなことはない、と朝永は言うが、やはり心配である。治療できる薬があるというのに、それを飲ませることができないというのが、またもどかしい。昼休憩以来、クロールの息継ぎの指導にも上の空で投薬の方法を考えていたが、画期的なアイディアは浮かんでいない。

(やっぱり、ちゃんと話すしかないかな。でも……、信じてくれるかなあ)

委員長はたぶん鼻で笑ったりはせず、ちゃんと聞いてくれる、ときらほは思う。しかし信じてくれるかどうかは別問題だ。

きらほのお尻《しり》に生えたしっぽを見せることができたら、多少なりとも真実味が増すかもしれないが、朝永に手術をしてもらった日を最後に、ビヨ――――ンからは音沙汰《おとさた》がない。

ふと――。プールに目を向けると、丁度、鞠菜の計測の順番だった。

突然の転校だったために学校指定の水着の注文が間に合わず、一人だけ私服の水着である。真っ白の清楚《せいそ》な感じのワンピース。日光に照らされてキラキラと閃《ひらめ》く長い金髪が、白い生地の上でよく映えていた。

監視台の先生の笛で飛びこむ。

手足がまっすぐ伸びた綺麗《きれい》なフォームだ。恐らくスポーツが苦手といっても、水泳ぐらいは幼い頃《ころ》からプロについて習っているのだろう。あの屋敷なら、プールが二つか三つはありそうだ。

その時、プールサイドからグラウンドに目をやっていた何人かの女子から、「ワー」と、小さく歓声が上がった。何かと思いきらほも同じ方を向くと、朝永が百メートル走のスタートの位置に立っていた。

紺色の短パンからスラっとした長い生足が伸びていた。長ズボン姿でも十分長く見えるが、短パンだとさらに際立つ。それがどうにも艶《なまめ》かしい。

普段、性格ブスで話しかける気にはなれないが、朝永は目の保養には文句のない男なのだ。見慣れたはずのきらほですら、ついつい視線を吸い寄せられるほどである。

百メートル走は男子二人が併走してタイムを計測する。朝永の相手は、きらほと同じ陸上部の一年の風見《かざみ》くんだった。

朝永と風見くんは位置につくと、スターターガンの音と同時にスタートした。

さすがにスタートは風見くんの方が速い。

が、あれよあれよという間に追いつかれると、五十メートルを過ぎた辺りで逆転され、ついには引き離される。そして、大差をつけたままゴール。

風見くんは本気を出していたのかゴールすると膝《ひざ》に手をついた。一方、朝永は涼しい顔でスタスタとすぐにスタート地点に戻ってくる。

「相変わらず超人っぷりを見せつけてるわね……」

きらほは呆《あき》れたような声を出す。風見《かざみ》くんが少し不憫《ふびん》だった。

戻ってくる朝永《ともなが》を見守っていると、

「朝永か」

頭の後ろで声がした。

体を震わせてきらほは振り返る。予想通り、声の主は委員長だった。

委員長はマニアックな度付きゴーグルを頭に載せて、焦点の合っていない目できらほを見下ろしていた。きらほも数回しか拝んだことのない素の顔の委員長である。

普段、大きな分厚いレンズの眼鏡《めがね》をかけているために目立たないが、委員長はかなり整った顔立ちをしている。眼鏡の下に隠されていたのは長い睫《まつげ》に縁取られたダークブラウンのキリっとした瞳《ひとみ》。それがいつも固く結ばれている唇と絶妙に調和している。鞠菜《まりな》のような華やかな感じではないが知的な愛くるしさがある。

さらに、その顔から下に視線を下ろすと、意外なほどダイナミックな体が現れる。明るめのブルーに白のストライプの入った学校指定の水着は出るところは出て、引っこむところは引っこんでいる。ものすごいナイスバディというわけではないが、ムチムチっとしていてバランスがいい。きらほがこっそり目標としている体型だ。

「う、うん、今、丁度、計測があいつの番だったの。これがとにかく速いのよ。もしかしたら、学校で一番速いかもね」

きらほは言い訳をするみたいに、わざとらしく高めたテンションで言う。

委員長は無言できらほの横に並ぶように座る。

きらほは思わず委員長の左手に目を向けてしまう。さすがに絆創膏《ばんそうこう》はプールに入る前にはがしたらしい。人差し指には白い跡が残っていた。

「きらほ」

委員長は周囲をキョロキョロとうかがいながら、きらほをジッと見つめた。

「ん？　どーしたかなー、委員長？」

昨日のデートの追跡のことや投薬のこともあり、きらほは息がつまるくらい緊張していたが、そんな様子は臆面《おくめん》も出さず目をしばたたかせた。

「ええっと……、そのだな」

委員長は言いにくそうに口をモゴモゴとさせた後、スーッと息を呑《の》んで、それからもう一度きらほの顔を見直した。

「はっきり聞こう。きらほは朝永とつきあっているのか？」

ドッキン――。

予想外の質問に、きらほは心臓が飛び出るかと思う。

すぐに首と手を振る。

「そ、そんなわけないじゃん。ぜんぜん、そんなことありえないよ」

委員長は表情をピクリとも変えず、きらほを見つめ続ける。

「つきあってないとしても、朝永《ともなが》のことが好きなんじゃないのか？」

「ぜーんぜん。むしろ、嫌いなくらいよ。だってあいつ、ムッツリでセクハラなんだもの。知ってる？　私のパンツを見て、耳元でクマパンとか言うような奴なのよ。誰《だれ》がそんな男のこと好きなもんですか」

勢いよくまくしたてる。言ってから、周りに聞こえてはいないかと見渡した。

「しかし、朝永に料理を作ったことがあるのだろう？」

「ど、どうしてそれを……」

きらほが声を詰まらせる。

（ともなが――――！　なんでそんなことを話すかな、それもよりによって委員長に！）

「つきあっていないとしたら、どういう関係なんだ？」

委員長はきらほの顔を覗《のぞ》きこんだまま、なおも尋ねてくる。

「そ、それは。私と朝永の関係は……」

ドクターとナースの関係、とか、雇用主とアルバイターの関係、とかいった言葉が頭に浮かんだが、それは今は口にできないことだ。

「私と朝永の関係は……ええっと、そう。そうね、ビジネス上の関係といったところね」

委員長が顔を引いて、驚いたような顔をした。

それからフッと笑うと、続けてフッフッフッフと笑い出した。

「ど、どうしたの委員長？」

「いや、なんでもない」

委員長は目に浮かんだ涙を拭《ふ》きながら笑い続ける。きらほは何が面白いのか分からず、ポカンとしていた。

「じゃあ、逆に私から委員長に質問。委員長は朝永のこと、どう思っているの？」

「私か？」

「中学の時、朝永に助けてもらったんでしょ？　あんなかっこいい男に助けられたら、女の子なら誰でもフラフラっとなっちゃうんじゃない？　本当のところどうなのよー？」

仕返しとばかりにいやらしい顔をして、肘《ひじ》で小突いた。しかし、委員長はいつものように慌てた顔になるかと思いきや、懐かしむように目を細めた。

「そうだな……。きらほの言うとおり、たしかに私はあの事件の後、あの男のことを……その、好きになった……と思う」

ゆっくりと、自分に言い聞かせるように委員長は続ける。

「でもそれは昔のことだ。今は違う。たしかに気になる存在ではあるが、好きではない」

はっきりとそう言って、もう一度、きらほの方を向いた。

「で、でも、映画の誘いを……受けたんでしょ？　ほんとはまだ……」

「それは前に聞かれた時も言ったが、確認したいことがあったからだ。中学校のあの事件以来、ずっと気になっていたが、確認せずに放《ほう》っておいたことを」

委員長はコクリと頷《うなず》いた。

そういえばそうだった——。きらほも初めは、その〝確認したいこと〟がなんなのか知りたくて、鞠菜《まりな》の作戦に参加したのだ。

「……それってなんなの？」

「それは……」

委員長が口を開こうとした時——。

「田中《たなか》さん！　次、あなたの番よ！」

監視台の上から、先生の声が飛んできた。

「きらほ、またあとできちんと説明する」

委員長はゴーグルを装着すると、スタート台の方へ向かって行ってしまう。

その後ろ姿を目で追いながら、きらほは腕を組む。

（一体なんなんだろ、確認したかったことって……？）

中学校の時から秘めていた朝永《ともなが》に対する気持ち……とか、だろうか。

でも、さっき委員長ははっきりと、もう朝永のことは好きではない、と答えた。という
ことは、デートでそれが分かったということ？

いや、本当にそんなことなのだろうか？

もっと違うことなんじゃ——。

そんな考えを頭の中に巡らせつつ、きらほはスタート台に立つ委員長を見守る。

スタート台で委員長がゴーグルをかけなおした。

監視台の先生がストップウォッチに目をやりながら笛を口にやる。

その時だった。

「ううっ――」

突然、委員長が顔をしかめ、喉《のど》を絞めるように押さえた。苦しげな声がプールサイドに響く。

「委員長！」

（まさかっ!?）

きらほは勢いよく立ち上がった。

「田中さん！」「委員長！」

浮き足立った女子たちから、悲鳴が囃子《はやし》のように次々と飛ぶ。

委員長は首を押さえたまま台の上でフラフラッとすると――、プールに落下した。

派手に水飛沫《みずしぶき》が上がる。

（朝永――！）

真っ白になった頭の中で悲鳴を上げながら、きらほはグラウンドを振り返る。

ほぼ同時！

グラウンドから黒い砲弾のようなものがフェンスを飛び越えてきた。

ズドン——、とまるで隕石《いんせき》が落下したような音を上げて、砲弾はプールサイドに突き刺さる。

「と、朝永《ともなが》⁉」

うつむきぎみの顔に漆黒の髪を垂らした朝永が、砂煙を上げながらコンクリートのタイルの上に膝《ひざ》と手をついていた。すぐさま起きると再び跳躍する。プールまでの数メートルの距離を飛び魚のように飛び越えて、そのままプールに飛びこんだ。

プールの底で、両手で両足を抱えるように沈んでいた委員長へ、魚雷のごとき勢いの見事なバサロ泳法で接近して行き、その肩を抱く。

そして次の瞬間——。

きらほは息を呑《の》んだ。

きらほだけでなく、プールサイドの女子すべてが、ある者は目を見開き、ある者は両手で口を押さえて、ある者は黄色い悲鳴を上げて、硬直した。

朝永が——。

委員長の唇に唇を重ねたのだ。

それもソフトな感じではない。

水中でぼやけているにもかかわらずはっきり分かるぐらい濃厚な、吸盤を思わせる唇の合体である。

「……」

「……」

周囲の至るところから、ため息のような無言の叫び声が上がる。

無限の時間に思われた、恐らく実際には数秒の時間の後――、朝永は吸いついた唇を離すと、委員長を背負ってプール岸まで泳ぎ、梯子《はしご》を上った。呆気《あっけ》にとられたままの取り巻きをまったく意にかけず、委員長を寝かせる。

委員長は目を瞑《つぶ》ったまま意識を失っていた。

「朝永！」

取り巻きをかきわけて、きらほが横になった委員長に駆け寄る。

「意識がもどらないな」

鼻に耳を当てていた朝永がイライラとした口調で言う。

手慣《てな》れた手つきで気道を確保し、再び唇を重ねようと顔を近づけていく。

邪魔なゴーグルを乱暴に外す。

朝永の手が止まった。

眉《まゆ》をひそめ、しかめた顔をきらほに向ける。

「桜乃《さくらの》！　これは――誰《だれ》だ!?」

そう叫んだ瞬間。

委員長の目が開いた。

小指の先ほどぐらいしか離れていない朝永《ともなが》の顔に、瞳《ひとみ》をパチクリさせると——。

パッチ————ン。

乾いた派手な音がプールサイドに響き渡った。

エピローグ

「おジャマするよお——」

きらほは声をかけると、部屋を仕切っている白いカーテンを開けた。

ベッドに横になっていた生徒がゴロンと体を傾けてきらほの方を向く。

「きらほか……」

ベッドの生徒、委員長こと田中智子《たなかともこ》はポツリと呟《つぶや》くと、焦点の合っていない目を嬉《うれ》しそうに細めた。

プールでの事件の日の放課後のことである。窓から差しこむ夕日で、寂しい雰囲気の保健室。

「お見舞いに参りました」

言いながらきらほはベッド脇《わき》まで行き、委員長の顔を覗《のぞ》きこんだ。

委員長の目をジッと観察する。

赤日発光——。アストラル性流行性感冒の兆候であるその有無を、朝永から一応、確認

しておくように頼まれていた。

（……よしっ。ない）

きらほはこっそり安堵《あんど》の息をつく。

ダークブラウンの瞳《ひとみ》の中にあるのは眩《まぶ》しいぐらいの強い眼光のみ。どうやら、投薬されたエリクサが上手《うま》く効力を発揮し、委員長のアストラル体に纏《まと》わりついた瘴気《しょうき》は散らされたようだ。

「どうした？」

委員長が不審気な顔を見せたので、きらほは慌てて上体を起こした。

「ええっと、もう大丈夫？　体の方は」

「ああ、まったく問題ない。一応、母が到着次第、病院に行って検査を受けることになっているが、まあ大丈夫だろう」

「そう。よかったあ」

「本当になんだったのかな。あの呼吸困難は？」

委員長が上体を起こす。机に置かれてあった眼鏡《めがね》をかけると、少し探るような視線できらほの方を見つめた。きらほは内心冷や汗を浮かべながら、「なんだったのかねえ」と言って調子を合わせる。

「クラスの方は……どんな感じだ？」

「六限の初めに、まるちゃんが教室に来て委員長は元気だって教えてくれたから……。みんなホッとしていたよ」

「それはいいんだが……。その……、私と朝永《ともなが》とのことで話題になってはないか？」

「うん、なってる。だって、インパクト強かったもの。特に相手があの朝永だからねえ。明日にも新聞部の取材とか、来るんじゃないかな」

「そうか。面倒くさそうだな」

　やれやれ、という感じに委員長は嘆息した。

「そうそう。あと、鞠菜《まりな》ちゃんが熱を出して早退しちゃった」

「なんでまた？」

「さあ」

　惚《とぼ》けるきらほの頭には、五限の休憩時間、「吸盤が……合体が……」とうわ言のように呟《つぶや》きながら迎えの車に乗りこむ鞠菜の姿が浮かんでいた。委員長と朝永のアレがよっぽど衝撃的だったらしい。

　急にきらほは目をイヤらしく細めると、怪しい笑いを浮かべた。

「でっ………。実際のところどうだった？　朝永とのキスのお・あ・じ・は？」

　ニヤニヤしながら、委員長の反応をうかがう。また真っ赤になって慌てることを期待したが、委員長は無表情のまま鼻を鳴らすだけだった。

「別に特になにもないな」

「あれえ、それだけ？」

「いきなり入ってきた朝永《ともなが》の舌が私の舌に絡みつきながら、問答無用に口の奥の方まで侵入してきた。新しい経験には違いないが、何度もしたいものではないな、あれは」

「朝永の舌……。絡みつく……」

生々しい感想に、逆にきらほの方が顔を赤くする。この場に鞠菜《まりな》がいれば、卒倒していたかも、と思う。

そんなきらほにお構いなしに委員長は続けた。

「それにあの男の言うことがよく分からないな。無呼吸状態の可能性があったから、水中で空気を送る必要があったとか言っていたが、だったらなぜ舌まで入れてくる必要がある？　空気さえ入れればそれで事足りるではないか」

不機嫌そうに唇を尖《とが》らせる委員長を、きらほは上目遣《うわめづか》いで見た。

「えっと、その………ファーストキスだった？」

「無論だっ！」

パンとベッドを叩《たた》く。きらほはヒッと体をのけぞらせた。

（言えない……。絶対に言えない！）

そのキスの時、朝永が委員長に口移しで魔法の薬を投薬していただなんて、この先どんなことがあっても言えない、と思う。

きらほはベッド脇《わき》の椅子《いす》の背もたれにお腹《なか》を当てて座った。

「それでなんだけど……。こんな時にあれかもしれないのだけど……、委員長。もしよかったら、聞きそびれた例のこと、教えてくれないかな？」

「例のこと？」

「ええっと、だから……」

きらほがなんて言おうかと口をモゴモゴさせていると、委員長が頷《うなず》く。

「分かった、あれだな。私が朝永とのデートで確認したかったこと」

「そう、それ。……う――んと、いつでもいいんだよ。ただ、ちょっと気になっちゃって」

「なに、大した話ではない」

委員長は頭の上で手を組み、伸びをしてみせると、眼鏡《めがね》のつるを摘《つま》んだ。

「実は私は、今でこそ眼鏡派だが、中学の頃《ころ》はコンタクトをつけていたこともあった」

「ほへっ？」

きらほは妙な声を出した。突然、眼鏡の話になって驚いたのだ。

「そ、それと、どういう関係があるの？」

きらほが目をパチクリさせると、委員長はフフフと笑う。

「まあ話を最後まで聞け。実は、例の事件のあった日。つまり、私が朝永に助けられた日も、私はコンタクトをしていた」

「あっ、そうだったんだ」

「前に電話で話した通り、その日、私は悪い連中に絡まれ、公園で朝永に助けられたわけだが、実はこのことできらほに言っていない大事なことが一つある」

「大事なこと?」

委員長は頷《うなず》くと、きらほに顔を近づけた。

「朝永《ともなが》は、自分が助けたのが私であることを知らない」

「ほへほへっ?」

きらほがもう一度、奇妙な声を出す。助けた本人が知らないってどういうことか。

「朝永が不良たちを一瞬で叩《たた》きのめしてすぐ、私は怖くなってその場から逃げ出してしまった。もちろん翌日、警察に事情を説明しに行った。私がいないがために、朝永が罪に問われでもしたら大変だからな。しかし、朝永にお咎《とが》めがなかったのだ。相手が筋金入りの不良で、派手に血が出たわりには軽傷。おまけに複数対一人で、女の子を助けようとしていたという目撃者も多かったから。だから、変な噂《うわさ》が立つかもしれないから、と逆に心配され、調書がとられることもなかったし、同級生であることを言うと、朝永に連絡もされなかった。あとで礼でもするように言われたぐらいだ」

委員長は一息入れると、続ける。

「それからしばらく、朝永は学校には来なかった。停学の噂が立ったが、前にも話したがただのサボりだ。事件後、初めて朝永が登校してきた日、屋上に独りでいる奴を見つけた私は、ドキドキしながら近づいた。お礼を言うつもりだった。……正直言うと、助けてもらって、嬉《うれ》しくて、一週間、のぼせていたのだ。きらほの言う通り、朝永のことが好きになっていたのかもしれない。——そこでだ。胸を高鳴らせて近寄った私に、朝永はなんて言ったと思う?」

委員長は妙に楽しそうな表情で、きらほの顔をうかがった。

「さ、さあ」

「こう言った。――『誰《だれ》だ、お前?』って」

フッフッフと、委員長はまた笑う。

「助けられた時、私はコンタクトで髪形も違っていたから、朝永は分からなかったのだ。まあ、無理もないかもしれないな。私は当時から強い近眼で、コンタクトをしていない時は今よりも存在感のある眼鏡《めがね》をかけていたし。それにクラスも違っていたから」

「ど、どうして、その場で眼鏡を外さなかったの! 外したらきっと分かってくれたのに」

きらほが興奮したように叫ぶ。

「さあ、どうしてかな。それは私も時々、考るのだが、よく分からないのだ。ただ――」

「ただ?」

「そうだな。その時、たぶん、朝永に助けられたのは、コンタクトをつけた私であって、眼鏡の私ではない、とそう感じたのかもしれない」

委員長は寂しそうに目を伏せた。

「そんなのおかしいよ。だって、両方とも委員長でしょう?」

「まあ、そうなのだが。私は当時から、あまり眼鏡のない自分の顔が好きではなかった。自分の内面を表してないと思っていたらな。だからきらほにコンタクトにしたら、と何度言われても眼鏡《めがね》にこだわっているわけだ」

　眼鏡のふちをトントンと叩《たた》く。

「まあとにかくだ。そんなわけで、私は朝永《ともなが》に礼を言いそびれてしまい、奴への思いも同時に冷めてしまった」

「あーあ、なんでかなあ私だったら絶対に眼鏡外していたよお。だって、ドラマチックじゃない。もしかしたら朝永だって自分の助けた女の子を捜していたかもしれないんだよ?」

　きらほは胸の前で手を組んで、体をくねらせた。

「まあそれが、私が私である所以《アイデンティティ》なんだろうな」

　委員長はいくばくか寂しさの混じった声でそう呟《つぶや》くと、きらほを改めて見た。

「そうそう、それで、私が確認したかったことだったな。何度も言うように大した話ではないんだ。確認したかったというのは、朝永が本当に私を助けたと気がついてなかったかどうか、ということだ。そんなフリをしているだけじゃないか、と思ったことがあった」

「そ、それで……その結果は?」

　委員長はあっさりと首を振る。

「フリではないと思う。御苑《ぎょえん》で話している時、中学の話は一切出てこなかったからな。内容は今、私が住んでいるアパートの話から家族構成、最近、体の調子はどうかとか……、何だか取り調べでもされているような感じだった」

　きらほに向けられた委員長の眼鏡が妖《あや》しくキラリと光る。

「そ、そんなことは、ないんじゃないかな?　アハ、アハハハハ」

　きらほは乾いた笑いを上げる。

「まあいい。とにかくそういうわけだから、あったかどうか分からないが、私の朝永への未練は完全に消えた。だからきらほも私のことは気にしなくていい」

「気にするって……だからあ、私はアイツのことなんとも思ってないの。私と朝永は……」

　きらほが否定するように顔の前で手を振ると、委員長は口端にうっすらと笑みを浮かべた。

「ビジネス上の関係……なのだろう?」

「う、うん。そう、それよ」

「それならそれで問題ない。ただ以前、私は電話できらほに言ったはずだ。朝永はろくでもない人間だから、あいつだけは駄目だと。あれは撤回する」

「えっ?」

「あの事件以来、私の朝永に対する気持ちはずっと混乱していた。だからあんな風に言ってしまったのだ。だが、今ならきちんと言える。朝永はそう悪い奴ではない……かもしれない。プールでのキスも、なにか朝永なりに考えがあったんじゃないかと、考えている」

　委員長は再びフッフッフッと不敵に笑うと、ベッドの下の鞄《かばん》から桃色のハンカチを取り出した。ハンカチには例の絆創膏《ばんそうこう》が挟まれていた。

「これは昨日、朝永にもらった絆創膏だが、この奇妙なマークは五芒星《ごぼうせい》というらしいな。

マークの周りに並んでいる文字はアルファベットが伝播《でんぱ》する前に西欧にあった文字だ」

「へえ。そ、そうなんだ」

「……以前、きらほ、治療費に三百万円かかる、とか言っていたな？」

委員長が眼鏡《めがね》の奥の瞳《ひとみ》を糸のように細めて、ジーッときらほを見つめた。

（ほえ——）

きらほは頭の中で悲鳴を上げていた。明らかに委員長は何か疑っている。というか、ほぼ核心に近いところまで来ている。このままだと敏腕検事並みの誘導尋問で、すぐに追い詰められそうだ。ましてやこの場には可哀想《かわいそう》な証人を助けてくれる弁護士はいないのである。

「あっ、もうこんな時間。ごめん委員長、今日、ちょっと早く帰らないといけないの」

きらほはちょっと不自然なぐらい唐突にパンと手を叩《たた》いて、立ち上がった。

ゴメンね、とすまなそうに手を立てる。

「そうか。私ももう少しで迎えが来るから問題ない」

「うん。じゃあ委員長。また、明日ね」

手を振って、きらほは逃げるように背中を向けた。

仕切りのカーテンを握った時、きらほは後ろから委員長に声をかけられた。

「そうそう、最初に聞かれたキスの味だがな……」

きらほが恐る恐る振り返ると、委員長は眼鏡を外してにっこり微笑《ほほえ》んだ。

こう言った。

「実に妙な話だが……。きらほの作った激辛ハバネロ入り卵焼きの味がした」

——と。

Name:

Age: Blood type:

Sexuality: Male Female

Case:

Karte B-02

Treatment of Vampire

【吸血鬼の治し方】

1　吸血鬼という病気

パリパリポリポリ、パリパリポリポリ――。

パリパリポリポリ、パリパリポリポリ――。


新宿三丁目、第三茶谷《ちゃやたに》ビル内「白川医院《しらかわ》」。

新宿駅西口のビル群に夕日がかかる頃《ころ》、桜乃《さくらの》きらほは受付カウンターに情報誌を広げスナック菓子を口に放《ほう》りこんでいた。

黒いナース服のボタンを上から二つ目まではずし、すっきりとした首元を晒《さら》している。薄茶色のボブカットの上に載っているはずのナースキャップは菓子袋の横の方に転がっていて、代わりに黄色いリボンが結ばれていた。

「うむうむ、うむうむ」

きらほはカウンターに片肘《かたひじ》をつき、時折、満足げに頷《うなず》きながら、塩と油のついた指で雑誌のページをめくる。勤務中だというのに随分とリラックスした体である。

きらほが白川医院のナースを始めて三週間が経《た》つ。生まれて初めてのアルバイトということで当初それなりにあったきらほの緊張は、いつの間にかどこかに消えてしまっていた。日溜《ひだ》まりに晒されたアイスクリームのごとくユルユルと、あっという間に緩んだのである。

襟元に余裕のないナース服を長時間着ているのは息苦しく、不安定なナースキャップをチョコンと頭に載せておくのは神経を使う。それなのに、きらほが応対すべき外来患者はバイトを始めてから一人も来ていない。

几帳面《きちょうめん》というよりはずぼら、忍耐強いというよりは飽きっぽい性格のきらほが、朝永《ともなが》に決められた一時間毎《ごと》の院内の清掃時以外、ちょっぴりルーズな格好でくつろぐようになったのは自然の摂理である。

ちなみに院内はどこも食事厳禁。診察室に篭《こも》るとほとんど現れない朝永が、きらほがあられもない姿でスナック菓子を食べている事実を知らないのはいうまでもない。

「う――む。ほうほう」

雑誌の特集ページを見つめながら、きらほは薄桃色の唇をすぼめる。

内容はズバリ「この夏に流行《はや》る水着」特集。紙面を華やかな色の水着を着た女の子たちが飾っている。それをきらほは眩《まぶ》しげに目を細めながら眺めていた。

六月もあと数日。もういくつ寝ると待望の夏休みだ。実はその前に期末試験という行事があるのだが、嫌なことはお尻《しり》に火がつくまであまり考えないのがきらほの性格である。

今もつい十五分ほど前までは、受付部屋に備えつけの机に教科書を広げ、午前の授業の復習をしていたのだが、いつの間にやら眺める相手が二次方程式の解の公式から、ビキニの写真に変わっていた。

「夏休み……かあ」

きらほの脳裏に夏の原風景がまざまざと浮かぶ。眩《まぶ》しいほどの太陽光。鳴き喚《わめ》くセミの音。風鈴、花火、夏祭り……。そしてひと夏のアバンチュール？

「ビバ！　ウェルカム夏休み！」

宙に両手を突き出す。微《かす》かに頭の中に残っていた期末試験という現実は、伸ばした腕と一緒に宇宙の彼方《かなた》イスカンダルへと飛び立った。

——きらほの考えによると、一年目の夏休みは高校生活の中でもっとも重要な夏休みである。二年の夏はいなくなる三年生の代わりに部活動の中心になるし、三年生の夏は恐らく受験勉強で死ぬ思いをすることになる。見た目の上では高校時代に夏休みは三回もあるが、楽しく遊べる夏休みはたった一回しかないのだ。

「う——ん新しい水着、欲しいなあ」

誌面を舐《な》めるように見つめながら、きらほは体をブルルンと震わせた。

きらほは中学二年の時、買ってもらった水着を持っているのだが、なぜこれを選んだのかと当時の自分を問い詰めたくなるほど、なんとも地味な紺色のワンピースなのだ。胸に名札を貼《は》って「きらほ」と記入すれば、スクール水着と見紛《みまご》うほどの逸品である。

二年間で多少なりとも体も成長したので、そろそろ新しい水着が欲しい。それも今度はもっと可愛《かわい》いやつ希望である。ビキニとはいわなくても、色ぐらいはもっと洒落《しゃれ》っ気を出してみたいと、きらほは切に思うのだ。

写真の水着を着た自分を想像してウキウキしながら、きらほの視線は雑誌の同じところを行ったり来たりした。

が、ハタと我にかえったように、ページをめくる手を止める。

「水着を買ったところで泳ぎに行く暇なんてある、かな？」

と、控えめな胸の中で問いかける。それから、自分の今の格好を上から下までしげしげと眺めた。

肌の露出をできるだけなくす設計理念に基づいて作られたナース服。それも色は黒。水着だ夏休みだと浮かれていた女の子を、たちまち現実に引き戻すほどのストイックさを持つ、ある意味水着とは正反対に位置する服装だ。

きらほの頭に、先週のバイトの終わり間際に朝永《ともなが》が言っていた言葉が響く。

『医院の夏休み？　そんなものがあるか。八月には盆があるのだぞ』

お盆。日本の夏の伝統行事である。朝永によると盆は、一年でもっともフィジカルプレ《物理的》ーン《世界》とアストラルプレーン《精神的世界》が接近するので、霊的な力が作用しやすい時期らしい。自然、オカルト疾患が発病することも多くなるというのだ。

『オカルト系医療の一番忙しくなる時期だからな。毎日来いとは言わないが、桜乃《さくらの》にもできるだけ手伝ってもらう』

冷淡に言い放つ朝永の顔を思い出し、きらほは口端を引《ひ》き攣《つ》らせた。

一番忙しい。普段が暇すぎるのでどの程度か想像もつかないが、そう言うからにはそれなりに患者があるのだろう。

「まあ、忙しくなるのはいいんだけど……」

きらほ自身、オカルト性疾患にかかったということもあって、オカルト医療に携わりたいという気持ちは強く持っている。今もサボっているように見えるが、それは患者が来ないからで、やる気がないわけではない。そこそこ忙しいのは望むところなのだ。

それに朝永《ともなが》への借金、三百万円のこともある。

きらほが白川《しらかわ》医院でアルバイトを始めてからの勤務時間はやっと五十時間を越えたぐらいだ。借金の完済には、利息ゼロで計算してもあと千九百五十時間働かなければいけない。上級生になれば学校での用事も増え、今ほどナース業に時間が割けなくなる可能性は高い。時間的に一番余裕のある一年目の夏休みに集中して働いておかないと、高校を卒業しても払いきれていないなんて、悲惨なことになりかねない。

「あ——あ」

ため息をつきながら、きらほはパタンと雑誌を畳む。

どうやら、せっかく新しい水着を買ったところで泳ぎに行くチャンスはなさそうだ。一生に一度しかない貴重な高校一年の夏は、働いても働いてもお金の入らない、ボランティア精神溢《あふ》れるバイトに明け暮れることになるかもしれない。

きらほはカウンターの椅子《いす》から立ち上がった。夏休み気分から現実に強制送還されたついでに、試験勉強に戻ろうと思ったのだ。

その時。

ガラス張りの白川医院のエントランスの向こうで、エレベーターが止まる音がした。

「あれれ？ また、『来々軒《らいらいけん》』の集金かな？」

外来患者、という発想は欠片《かけら》ほども浮かばない。きらほが働き始めて以来、『白川医院』にはまだ一人も外来患者があったためしがないからだ。集金か、募金か、勧誘か……。白川医院を訪れる人種はその三つに限られている。

ガラガラと音を立てながら、エレベーターの扉が開く。

「！」

きらほは驚いたように小さく口を開けた。集金でも、募金でも、勧誘でもなさそうだった。エレベーターから現れたのは小さな男の子である。

燃えるような真っ赤な短髪に黒の野球帽、デニム生地のオーバーオール。三頭身に近い体型で身長はきらほの腰ぐらいしかない。鳶色《とびいろ》の目がパッチリとした感じの可愛《かわい》らしい男の子だ。年の頃《ころ》は、小学校一、二年生ぐらいだろうか。

「ま、まさか患者さん？」

きらほは大慌てで、菓子袋と雑誌を受付カウンターの端っこへ追いやった。服のボタンを留め、ナースキャップをチョコンっと頭の上に載せた。

きらほが受付の扉から弾《はじ》けるように飛び出ると、丁度、男の子が入口の自動ドアを通って医院に入ろうとしているところだった。

「こんにちは」

きらほが手を揃《そろ》えて腰を下ろし、ニッコリと急ごしらえの笑顔を浮かべた瞬間——。

男の子はきらほに向かって猛ダッシュで駆けてきた。

そのままきらほの足に抱きつく。

「ママ！」

男の子が叫ぶ。

「えっ、えっ、えっ、えっ」

きらほの目がグリグリと三回転半ぐらい回った。お嬢さんとか、お姉さんとか、呼ばれたことは何度かあるが、さすがにママンは初体験である。

「ママ——！」

男の子はもう一度叫ぶと、きらほの足を抱きしめたままお腹《なか》に顔をうずめる。

「ええっと、ああっと……」

きらほはオタオタとする。

「ねえ、ちょっと、ぼく？」

「ん？」

上から声をかけると、男の子が顔を上げた。小さな顔の半分ぐらいを占めているような鳶色《とびいろ》のつぶらな瞳《ひとみ》が、直球ストライクできらほのハートに飛びこんできた。

（うっ……、可愛《かわい》い）

きらほの胸の奥で何か温かいものがポッと火照《ほて》る。カッコイイ人とすれ違った時の感覚に近いが、もっと愛《いと》おしいようなフワフワッとした感情である。

きらほは腰砕けになりながら、男の子の顔と同じ高さまで目線を下ろした。すぐ目の前に男の子の顔。

(可愛いです、可愛いです、これは可愛いですよ！)

きらほが少し赤くなった男の子の頬《ほお》に手を伸ばそうとした時——。

バタン。

大きな音がして、きらほの後ろで診察室の扉が開いた。

現れたのは、彫りの深い外国人のような容貌《ようぼう》にスラッとした体躯《たいく》。見た者すべてに一度はため息をつかせる、この世のあらゆる美しさを具現化したような美の化身。白川《しらかわ》医院の院長にしてただ一人のドクター、朝永《ともなが》怜央麻《れおま》である。

「なんの騒ぎだ！」

朝永は赤い瞳の目の端を鋭角に尖《とが》らせた。それから一度鼻をクンクンと動かすと、なんとも渋い表情で男の子の方を指差す。

「そのガキはなんだ⁉」

「ええっと、それが……」

きらほが振り返って「よく分からないのよ」と言おうとしていたら、男の子が足に絡めていた手を緩めた。

「パパ――!」

短い手を広げると、今度は朝永《ともなが》に向かって駆け出した。

男の子が朝永に抱きつこうとダイブする。小さな体が真っ黒いドクターコートの中に飛びこもうとした寸前、朝永がヒョイっと体をかわした。

ズドンッ!

大きな音と一緒に、男の子は診察室の扉におでこから激突した。反動で跳ね返ると、そのままでんぐり返しに床に転がる。

朝永は、真っ赤なおでこを両手で押さえて転がっていた男の子の前に仁王立ちになり、摂氏マイナス二百七十三度の冷たい表情で見下ろした。

「お前のような小汚いガキにパパ呼ばわりされる覚えはないっ!」

なんとも薄情な声で言い放つ。

男の子は悪魔か山姥《やまんば》でも見ているような怯《おび》えた顔になる。ヒクヒクと頬《ほお》を揺らし始めたかと思うと、間もなく目元をしわくちゃにしてワンワンと泣き出した。

「泣くな。うるさい!」

朝永が顔を歪《ゆが》めて怒鳴る。しかし、男の子は泣き止《や》むどころか、ますますもって土砂降りだ。

「馬鹿者《ばかもの》! 泣くなと言うのが、分からないのか!」

朝永は漆器のような前髪をクシャクシャに掻《か》き上げた。

「バカはどっちよ。そんな言い方して、泣き止《や》むはずがないでしょう」

きらほがが腰に手を当てて呆《あき》れたように言う。おんおんと泣く男の子に近づくと、その前にしゃがんだ。腫《は》れ上がったおでこを優しく撫《な》でる。

「よしよし。いたくない、いたくないー」

男の子はきらほの胸の中に飛びこんでおんおんと泣き崩れる。

「うるさい、うるさい、うるさい」

耳を塞《ふさ》いでイライラと足踏みをする朝永《ともなが》の声に、男の子がブルブルと体を震わせた。

「ちょっと、朝永。どこかに行ってよ。この子が怖がっているでしょう?」

きらほがキッとした顔で朝永を睨《にら》みつけた。

「ここは俺《おれ》の診療所だ。どうして、俺がどこかに行かないといけないのだ。そのガキこそ窓から放《ほう》り投げるべきじゃないのか?」

「子供相手に何を怒ってるの!?」

「理由は明快だ。俺は子供という生物が大嫌いだ。無遠慮で無教養で声が大きい。おまけに、泣けばすべて許してもらえると思っているのが、なによりも気に食わない」

朝永が憎々しげに吐き捨てる。それに呼応するように、男の子の泣き声はさらにボリュームを上げていく。

「よしよし、ごめんね。あのお兄さんはちょっと頭のネジが一本外れているの」

「誰《だれ》の頭のネジが外れているだと?」

朝永は不満そうな声を出しながらも、怒鳴るのを止める。

それでも男の子は一向に泣き止む様子がない。顔をうずめられたきらほのナース服の胸の辺りが次第に涙でしっとりとしてきた。

「もう、どうしよう」

きらほはおろおろしながら朝永を仰いで助けを求める。しかし朝永は知るか、と言わんばかりにそっぽを向いた。

「ねえ、お願いだから。泣き止んでくれたら、なんでも言うこと聞いてあげるから。だから泣き止んで」

きらほが拝むように言う。

――と、急に男の子が泣き止んだ。

「ほんとに？　ほんとに、ほんとになんでも？」

きらほの胸から顔を上げ、潤んだ瞳《ひとみ》できらほを見つめた。

「う、うんなんでも」

「じゃあ……」

男の子は指をくわえる。

「ご飯、食べたいな」

男の子の顔が露に濡《ぬ》れた朝顔のように、ニッコリとほころんだ。

＊

「す、すご い……」

きらほは驚きと呆《あき》れが半々の声を上げた。

白川《しらかわ》医院の上階にある朝永怜央麻《ともながれおま》の家のダイニング。きらほの目の前のテーブルには、天井に向かって高々と伸びる「来々軒《らいらいけん》」の文字の入ったカラの中華皿の山がそびえたっていた。元は、餃子《ぎょうざ》、シューマイ、レバニラ、カニタマ、麻婆豆腐《マーボーどうふ》、八宝菜、チンジャオロース、酢豚、坦々麺《たんたんめん》、チャーハンｅｔｃ．ｅｔｃ．……が入っていたものである。

山の横にはなおも並べられた料理と、それを何かに憑《つ》かれたようにすごい勢いで平らげつつ、一枚、また一枚と皿の山を積み重ねていく、さっきの男の子の姿があった。あの小さい体のどこに食べ物が入って行くのか。お腹《なか》の中にブラックホールか未知の生物が入っているのかと、きらほは疑いたくなる。

「どうして俺《おれ》が見知らぬガキを家に招き入れて、飯をおごらないといけないのだ」

呆気《あっけ》にとられているきらほの後ろで、朝永がブツブツと呟《つぶや》いた。また泣き出されては困るからか若干抑えた声である。

「いたいけな子供を泣かした罰よ。アンタが素直に、パパですよー、とか言って合わせておけばよかったの」

「誰《だれ》がパパだっ！　大体どうしてあんなガキがうちに来る？　ここは医院だ。児童預かり所ではない。親はなにをやっている」

「分かんないわよ。だからそれをこの後、聞くんでしょう？　いい、私が彼に話している間は、朝永は何も言っちゃ駄目よ」

きらほがジロリと目を向ける。朝永は渋々と頷《うなず》いた。

——十分後。テーブルの上の二十人分以上あったであろう料理はすべて平らげられた。蒸し器の敷き野菜から、チャーハンの上の紅しょうが、チャーハンの米一粒まで、綺麗《きれい》さっぱりなくなり、皿の山だけが残された。

「あ——美味《おい》しかった。ごちそうさま」

男の子はプクーと丸く膨らんだお腹をさすると合掌して頭を下げた。

きらほがスルスルと男の子に近づいて、男の子の横に中腰になる。

「美味しかった？」

「うん、美味しかったよ」

男の子がニィーって前歯を見せて笑った。

「ぼく、名前はなんていうの？」

「珠樹《たまき》。小柴《こしば》珠樹。みんなは珠樹って呼ぶよ」

「私は桜乃《さくらの》きらほ。あっちの怖いお兄ちゃんは、朝永怜央麻よ」

「きらほに、れおま？」

「よく言えたね。えらいえらい」

きらほが頭を撫《な》でると、珠樹《たまき》と名乗る男の子は、もう一度、笑顔をつくった。

「珠樹は、その、どうしてここに来たの？」

きらほの問いに、珠樹は唇に人差し指を当てた。

「え——と、ここに来たらパパとママに会えるかもしれないって、言われたから」

きらほが眉《まゆ》をひそめる。どこの誰《だれ》だか知らないが、ずいぶんいい加減なことを言うものだ。

「残念だけど……、私たちは珠樹のパパとママじゃないの」

「うん。そうみたいだね」

寂しそうにうつむく珠樹を見てきらほは胸が痛む。恐らく、珠樹は自分の両親を知らない子供なのだ。

「珠樹はどこから来たの？」

「ゴショーのお寺からだよ。タクシーで来た」

「呉鐘《ごしよう》だと!?」

傍観していた朝永《ともなが》が急に声を荒立てた。

珠樹がきらほの肩にしがみついて朝永を指差す。

「れおま、怖い」

また、ブルブルと体を震わせる。きらほは朝永を睨《にら》みつけた。

「ほらあ。怖がっているじゃない。だから言ったでしょ？　私が珠樹に聞いている間は黙っていてって」

「しかし呉鐘は……」

「いいから！　言いたいことがあったら後にして」

ピシャリときらほが言うと、朝永は顔を不満そうに歪《ゆが》めながらも、そのまま黙る。

「ごしょうって、だれ？」

「ゴショーはミキ姉《ねえ》の古いけんかともだちで……。あっ、そうだっ！」

男の子はポンと手を打つと、オーバーオールの前のポケットに手を入れて中から何か取り出した。和紙の封筒に包まれた古風な感じの手紙である。

「そういうものがあるなら、最初に……」

怒鳴ろうとした朝永の口を手で押さえながら、きらほは珠樹から手紙をもらう。

「朝永宛《あて》みたいよ」

宛名《あてな》には毛筆の達筆で「朝永怜《れ》央《お》麻《ま》殿」と書かれてあった。裏面には「呉鐘」と。

「さっきから出てる、呉鐘さんって？」

「前に言った俺《おれ》の師だ」

手紙を受け取りながら、朝永はぶっきらぼうに答えた。

「あっ。朝永がオカルト医療を教わったとかいう？」

「そうだ」

たしか数年前に大陸に渡って、そのまま音信不通という話である。

朝永《ともなが》は封筒を用心深く何度もひっくり返してから開けた。蛇腹になった書面にパラパラと目を通すと、不機嫌な顔で髪を掻《か》き上げた。

「あの男……日本に帰ってくるなり、面倒くさいことを押しつけやがって」

「なんて書いてあったの？」

「そこのガキは呉鐘《ごしょう》のクランケだ。明日、白川医院《こ　こ》で手術するからそれまで預かってほしい、だそうだ」

「ってことは……、やっぱりこの子、オカルトの病気なの？」

きらほの顔が曇る。

「ゴショーは明日、僕の病気を手術してくれるの」

珠樹《たまき》が無邪気な声を上げる。自分が病気であることは、知っているようだ。

「……どういう……病気なの？」

恐る恐る、きらほは朝永に尋ねる。

朝永がチラリと珠樹に視線を向ける。それを見て、きらほは「いや、やっぱりいいや」と手を振った。

珠樹が顔を上げる。

「れおま。僕のこと、きらほに話してもいいよ」

そして、寂しそうに付け加える。

「僕が、吸血鬼だってこと——」

「吸血鬼!?」

目を丸くしたきらほが鸚鵡《おうむ》返しに聞き返す。

しばしの沈黙の後。

「あっ、ああ、ああ。うん、吸血鬼ね。そうかあ、珠樹くん、吸血鬼なんだぁ」

そら笑いを浮かべながら、きらほは合点がいったように何度も頷《うなず》いた。珠樹が幼いので、病気のことをそういう風に説明しているのだと勝手に考えたのだ。

朝永はゆっくりと頭を振る。

「いや、本当の話だ。そのガキは吸血鬼。それも一般に吸血鬼真祖と呼ばれている重症だ」

「うんうん、分かってるよ。だから吸血鬼なんでしょう?」

きらほは顔に不自然な笑みを貼《は》りつけたまま朝永の背中を叩《たた》く。しかし、ニコリともしない朝永の顔を見ていくうちに、次第に顔から笑いが消えていく。

「……って、もしかして本当なの?」

「だから言ってるだろう。小柴《こしば》珠樹は『吸血鬼症』の患者だ。正確には『血中エーテル球増加症』と呼ばれる、中世から続く歴史のあるオカルト性疾患だ」

「吸血鬼が病気!?」

きらほの声が裏返る。

吸血鬼といえば、東欧の深い森に囲まれたお城に住んでいて、昼は棺《ひつぎ》の中で眠り、陽《ひ》が沈むと処女の生き血を求めて夜空に飛び立つ美形の男。人間離れした能力を持っているが、太陽光やにんにくにめっぽう弱いとか、血が飲めない時はトマトジュースで我慢するザマスとか、そんな漫画や映画で仕入れた知識できらほの吸血鬼のイメージは凝り固まっている。だからにわかには信じられない。

「病気って……もしかして血を吸わないと死んでしまうような病気なの？」

「いや、その逆だ。これは吸血鬼伝説の誕生以来、誤解されてきたことだし、今でもその誤解は解けていないのだが……、吸血鬼は血を吸わない」

「はっ？　それって言葉として矛盾してない？」

「実際にそうなのだから仕方がない。吸血鬼症、つまり『血中エーテル球増加症』は血中に『エーテル球』と呼ばれる結晶物質が存在し、自己増殖する疾患だ」

「『エーテル球』？」

きらほが眉《まゆ》をひそめる。

「魔物だとか妖怪《ようかい》といったアストラルプレーン《精神的世界》上の生物の体液に含まれる成分だ。見えない上に質量は持たない。ダークマターだとかミッシングマスと呼ばれる存在の一つだ」

「ええっとつまり……、物理世界にはありえないものってこと？」

「そうだ……。『エーテル球』を血液中に持つ人間は、普通では考えられない力を持つことができる。伝説上の吸血鬼が空を飛べたり不死身の体を持ったりするのはそのためだ。しかし、この『エーテル球』があるレベルを超えると、人間は物理的世界での存在を保てなくなる。だから、『血中エーテル球増加症』の患者は生理現象として、増えすぎた『エーテル球』を体内から外へ排出しようとするのだ。『エーテル球』は物理的世界では血液中のみを伝播《でんぱ》するため外に出すことが極めて難しい。そこで他人の血液に自分の『エーテル球』を注入する」

朝永《ともなが》はそう言うと、椅子《いす》に行儀よく座っていた珠樹《たまき》の口を引っ張って開けさせた。

「れおま、痛い！　痛いったら」

痛がる珠樹にイ――っとさせると、可愛《かわい》らしい小さな犬歯をトントンと叩《たた》いた。

「『血中エーテル球増加症』の患者は、犬歯にエーテルを注入する肉眼では見えない穴がある。犬歯で相手に噛《か》みつき、『エーテル球』を相手に注入して自分の血中の量を減じる。同時に血液の交換が発生するため、知らない人間には吸血に見えるわけだ」

「そうだったんだ。知らなかった……」

きらほは大きな瞳《ひとみ》をしばたたかせた。

吸血鬼が実在すること自体異常事態なのだが、お尻《しり》のしっぽや朝永の魔法を経験してその辺の感覚が麻痺《まひ》しているきらほには、むしろ吸血鬼が血を吸わず逆に血を入れているという方が驚きだった。それでは入血鬼ではないか。

「『エーテル球増加症』は、オカルト性疾患の中ではそう珍しくない。患者の数は確認されているだけで地球上に約三十万人。そのほとんどが『クラン』と呼ばれる共同体に属している。『クラン』は古くはバチカンとの戦いのために組織された結社だったが、現在はそのほとんどが吸血鬼に健常者への噛む行為《バイト》を厳しく禁じ、社会との共存を指導している平和的団体だ」

朝永《ともなが》は食卓の上に座ると、長い足を組んできらほの方に体を向けた。

「共存って……でも今の話だと、誰《だれ》か噛《か》んで血を薄くしない限り生きていけないんじゃ？」

「エーテル透析といって、特殊な半透膜に血液を通すことで『エーテル球』を減じられる。これを定期的に行えば健常者と変わりなく生活ができるし、血中の『エーテル球』をすべて透析できれば完治も可能だ。ただ、問題は突然変異種、吸血鬼真祖のケースだ」

先ほど朝永が珠樹《たまき》のことをそのように言っていたことを、きらほは思い出す。

「なんなの？　その真祖って」

「吸血鬼には三種類ある。すなわち、親から症状を受けついだ先天的吸血鬼。他《ほか》の吸血鬼に『エーテル球』を与えられ吸血鬼になった後天的吸血鬼、そして最後、両親や親類縁者には吸血鬼はいないにもかかわらず、突如として血中に『エーテル球』が発生して増加を始める突然変異性吸血鬼……。それが吸血鬼真祖だ。吸血鬼真祖の血中の『エーテル球』は、常に極めて高いレベルを維持する。透析を繰り返しても増殖のペースが速いために減らない。『エーテル球増加症』の患者の中で最も重い症状だ」

「最も重い……」

きらほは衝撃を受けた表情で珠樹に瞳《ひとみ》を落とした。

（どう見ても、元気そうな普通の男の子なのに……）

オカルト的な疾患は、肉体の表面を見ただけでは重さが分からない。それはつい最近、朝永の手術を受けて今ではすっかり健康になったクラスメイトの少女から知ってはいたが、それでもショックだった。

「で、でも、その朝永の先生が手術の依頼を受けたってのは、その吸血鬼真祖を治すための手術なんだよね？」

きらほは希望を求めるように顔を上げた。朝永が目を閉じて頷《うなず》く。

「『総換血』という手術を行えば治療は不可能ではない。『エーテル球』で侵された血液を、そっくりそのまま、動脈から毛細血管、静脈の中に至るまですべて入れ替える、極めて難しい手術だが、これを行えば、血中の『エーテル球』が消滅するため、疾患としての吸血鬼真祖は完治する」

「そんなことができるの!?」

「可能だ。ただし高レベルな魔力や呪力《じゅりょく》を必要とするがな。俺《おれ》も知識はあるが実際に行ったことはない。だが呉鐘《ごしょう》なら……、恐らく経験も豊富にあるだろう。今頃《いまごろ》、総換に用いる珠樹の血液の培養を行っているはずだ」

「そう……よかった」

きらほは救われたように安堵《あんど》のため息をついた。

「珠樹、お前、『エリカの会』の小野寺《おのでら》のところにいたのではないか？　呉鐘に仕事を頼める人間は世界中を探してもそう多くはない」

「そうだよ。ミキ姉《ねえ》と一緒に船の上に住んでた」

知った名前が出たからか、珠樹《たまき》が嬉《うれ》しそうに頷《うなず》いた。

「『エリカの会』？」

「ああ。オカルトの病気によって孤児になった子供の面倒を見る、世界規模の孤児院だ。俺《おれ》も何度かその日本支部から仕事を依頼されたことがある」

（孤児院……。じゃあ、やっぱり珠樹はパパとママがいないんだ……）

きらほはやるせない表情になる。

珠樹が目を伏せた。

「……パパもママも僕が病気だから、僕の前からいなくなったんだ」

「！」

きらほはハッとした。その一言で理解してしまった。

珠樹の両親はいないわけではない。いるのだが、珠樹の近くにはいないだけ。吸血鬼という病気のために……珠樹は捨てられたのだ。

「だから僕はゴショーの手術を受けるんだよ。手術を受けて病気が治ったら、パパとママ、帰ってくるから」

「――――」

言葉を詰まらせる。

吸血鬼が治っても珠樹の両親が珠樹の前に戻ってくることはないのではないか、と思った。もしそれで珠樹を受け入れるのなら、最初から孤児院に預けたりはしないのではないか——と。

珠樹を見つめた。

寂しそうな顔の中で瞳《ひとみ》は小さな希望の光で瞬いている。自分の病気が治れば両親は帰ってくると強く信じている目。

（もし病気が治っても、パパとママが帰ってこなかったら……）

キュッと、胸が痛んだ。

「そう。早くパパとママに会えるといいね」

「うん」

無理につくった微笑《ほほえ》みの裏で、嘘《うそ》をついた後のような苦い味が口の中に広がっていた。

（それでも手術を受けて、病気が治るのはいいことなんだから）

胸の中で自分にそう言い聞かせると、きらほは朝永《ともなが》の方を向いて話題を変えた。

「それで、明日のその手術は何時からなの？」

「書いていない。追って連絡するつもりなんだろう」

朝永がパンと手の甲で手紙を叩《たた》く。

「そっかー。手術は朝永も参加するんだよね？　私も手伝えることあるかな？」

きらほは真剣な顔で言う。珠樹のためにできることがあるのなら、なんでもやりたいと思った。

朝永《ともなが》が不機嫌そうに、フンと鼻を鳴らした。

「……誰《だれ》が呉鐘《ごしょう》の手術に参加すると言った」

きらほはキョトンとする。

「うん？　でも今晩、珠樹《たまき》を預かって、呉鐘さんが来るのをここで待つんでしょう？　手術が始まったら任せて出て行くわけにはいかないんじゃ……」

「誰が預かると言った？」

「はいっ？」

「手術の依頼を受けたのは呉鐘で、珠樹は奴のクランケだ。なぜ俺《おれ》が預かる必要がある？」

朝永は大真面目《まじめ》な顔できらほに言った。

「いや、なぜって……。呉鐘さんは朝永の先生なんでしょう？　普通、頭を掻《か》きながら、先生の頼みとあっちゃ断れませんな、とかなんとか言うもんじゃないの？」

「いつの時代のどんな先生だ、それは。言っておくが俺は呉鐘の弟子であったが、それは四年も前の話だ。電話の一本も入れずに手紙と一緒にクランケを押しつけてきて、おまけに手術室を提供しろなどという非常識な頼みを受けるほど、俺はお人よしではない」

「事前に電話しなかったのは、したらアンタが断るからでしょ？　朝永の子供嫌いを知っていたからじゃ……」

「だから、そのやり方が気に食わないと言っている。何年もなんの音沙汰《おとさた》もなかったくせに、何を考えているんだあの坊主」

朝永は腕を組んで唇を尖《とが》らせた。どうも呉鐘なる人物に対して、複雑な感情でもあるらしい。

「なーにいじけてんのよ。たった一晩、子供を泊めるだけよ。それぐらい聞いてあげたっていいじゃない」

「たった一晩だと？」

朝永がジロリと珠樹に黒い目を向ける。

「こんなガキと一晩たりとも一緒に過ごしたくはないな」

「なんでよ。可愛《かわい》くていい子じゃない」

「素直だろうが可愛かろうが、俺は子供が嫌いだ。同じ空気を吸っているだけで精神力を根こそぎ吸い取られる。それに……」

テーブルから下りた朝永が冷酷な表情を見せた。

「吸血鬼と臥所《ふしど》を共にして、寝ている間に噛《か》まれて吸血鬼にされでもしたらたまらないからな」

「ちょっと、朝永！　それは……」

言いすぎよ、ときらほが言おうとしていたら、珠樹が朝永の方に走った。

「僕は噛んだりしない！　だって、ミキ姉《ねえ》から絶対に誰かに噛んじゃいけないって言われているもの」

頬《ほお》を膨らませて朝永を睨《にら》む。

朝永《ともなが》は欠片《かけら》も動じず、冷ややかに見返した。

「そんなこと、分かるものか。『エーテル球』が増殖した吸血鬼は、生理現象として他人にバイトしたくなる。禁止されていても、魔がさすということはあるからな」

「僕は嚙《か》んだりしないって！」

珠樹《たまき》が必死な声で叫ぶ。鳶色《とびいろ》の目に大粒の水滴が浮かんでいた。

「どうかな。とにかく、俺《おれ》はお前のようなすぐ泣き出すような吸血鬼の子供を一晩も家に置く気はない」

「僕だってれおまと一緒にいたくない。れおまなんて大嫌いだ！」

「奇遇だな。俺もお前が好きではない。さっさと呉鐘《ごしょう》のところへ帰ることだ」

朝永は泣き目の珠樹を見下ろしたまま、リビングダイニングの出口を指差す。

その時――。

ズドンッと。

フローリングの床が抜けたかのような大きな音が響いた。睨《にら》み合う二人の間に、きらほが割りこんだ音である。

朝永の前に仁王立ちになると、真っ赤な怒りの表情で朝永を睨み上げた。その迫力にさすがの朝永も「うっ」と、怯《ひる》む。

きらほは胸に手を当ててツンと背筋を伸ばすと、

「分かったわ。じゃあ、私が、珠樹を一晩、家につれて帰る」

凛《りん》と言った。

「きらほ――」

珠樹がきらほの足に抱きつく。

「……さ、桜乃《さくらの》。本気で言ってるのか？」

朝永が額《ひたい》に汗を浮かべながら、焦ったような声を出した。

「私はいつでも本気よ」

ツンとすまして言うきらほ。

「しかし……、何度も言っているように珠樹は吸血鬼だぞ」

「そういうのを差別っていうのよ」

「差別ではない。感染からの防衛に必要な客観的な事実だ」

「いいえ差別です」

きらほはビシっと朝永を指差す。

「し、しかし。お前の家族にはなんて説明するつもりだ？　いきなり知らない子供を連れて帰ったら不審がるぞ」

「ご心配には及びません。今日は両親とも、琢己《たくみ》の野球の応援に行って、明日の夕方まで帰ってきませんよ――だ」

あっかんべーをして腕を組み、きらほはプイとそっぽを向いた。

朝永は片眉《かたまゆ》をピクつかせて苦虫を噛みつぶしたような顔になると、押し殺した声を漏らした。

「……桜乃《さくらの》。もし、お前がどうしても預かるというのなら……。俺《おれ》が……そこのガキ、いや小柴珠樹《こしばたまき》を預かっても構わない。元々、俺が頼まれた話だ」

横を向いたまま、きらほは内心「えっ?」と、驚いた。まさか朝永《ともなが》が自分の方から折れるとは思わなかった。チラリと見ると、本当にうろたえたような表情になっていた。

きらほはちょっぴり——、ほんのちょっぴり嬉《うれ》しく感じた。珠樹のことを酷《ひど》く言うのは許せないが、心配して朝永が言ってくれているのは確かだから。

しかしそんな胸の内は微塵《みじん》も出さず、きらほはブンブンと首を振った。

「いいえ。もう結構よ。アンタのような差別医者のところには、珠樹は一秒だって置いておけません。珠樹だって私と一緒にいた方がいいわよねえ?」

「うん」

きらほは珠樹と天使のような無垢《むく》な笑顔で微笑《ほほえ》みあう。

「いやしかし……」

なおも止めようとする朝永に、きらほはピシャリと言った。

「とにかく! なんと言われようと、私は珠樹をつれて帰るから」

三十分後、白川《しらかわ》医院の入ったビルの一階ホールには、子供をつれて里に帰る妻のような姿で珠樹の手を引く桜乃きらほと、それをなんともいえない渋い表情で見送る朝永怜央麻《れおま》の姿があった。

2　珠樹の悩み

「ここが、私のうち。今晩はここに泊まるのよ」

夕刻の中野の住宅街にある桜乃家の前。医院から帰ってきた桜乃きらほと珠樹である。

「おお———」

玄関先から家を見渡した珠樹が小首を傾けた。

「思ってたより、ちっこいね」

「贅沢《ぜいたく》言わない。一応、都内の一軒家なのよ」

桜乃家は約三十五坪。小さいが庭もある。都心の一戸建てとしては立派な方だ。

きらほが玄関の鍵《かぎ》を開けると、そーっと扉を開けた。家族はいないはずだが一応用心である。首だけ入れて中をうかがう。人の気配はしない。

「よーっし、では桜乃家にようこそ」

きらほは扉を大きく開いて、珠樹を招くように手を広げた。珠樹は歓声を上げながら家に飛びこむと、マジックテープの靴を投げ出してそのまま玄関に上がろうとした。

きらほが手を伸ばして珠樹の首根っこを掴《つか》む。

「靴はきちんと揃《そろ》えなさい」

「きらほはシスターみたいなことを言うなあ」

珠樹《たまき》はぶつぶつ言いながらもちゃんと揃《そろ》えて玄関に上がると、廊下を走っていく。

珠樹を追って中に入ると、きらほは台所へ向かった。予想通り食卓の上で母のシズホの置き書きを見つける。

〈夕飯は、ピザでも取ってください〉

千円札二枚と近くのピザ屋のチラシが添えてあった。

「珠樹、あんた、晩御飯って食べるかな?」

リビングダイニングのソファーに寝転がった珠樹に尋ねる。さっきあんなに食べたのだからもう入らないと思うが念のためだ。

「うん。かなりお腹《なか》、すいてきたよ」

逆の意味で期待通りの返事に、きらほはガックシとなった。また、あの勢いで食べるとすると野口《のぐち》さん二枚ではとても足りそうもない。きらほは財布の中身を確認しながら、ため息をつく。

「きらほ、二階に上がってもいい?」

廊下の方から珠樹の声がする。ちょっと目を離した隙《すき》に移動していたようだ。

「ちょ、ちょっと待ちなさい」

きらほが慌てて廊下に出た時には、すでに珠樹は階段をドタドタと上がり始めていた。

きらほは大急ぎで追いかけて、階段を上りきったところで捕まえる。

「珠樹。これからこの家での約束ごとをつくるよ、約束、守れるよね？」

「うん、守れる」

きらほが顔の前で人差し指を立てると、珠樹は真面目《まじめ》な顔で頷《うなず》いた。

「この家には珠樹が入っちゃいけない部屋が三つあるの。それはこっちの部屋と、この奥の二つの部屋」

きらほは廊下に面した扉を指差す。弟の琢己《たくみ》の部屋と両親の寝室に書斎である。

「その他《ほか》の部屋はどこも入っていいから。いい、約束守れる？」

「うん」

「よっし、偉い。じゃあ、私の部屋にいらっしゃい」

きらほは珠樹の頭を撫《な》でると自分の部屋の扉を開けた。

珠樹が走って部屋に入る。どんな時でも走らないと満足できない年頃《としごろ》らしい。

「おおー」

珠樹は中で部屋をグルリと見渡すと、ベッドにダイブした。

「ふかふかだ」

ベッドの上でポンポンと跳ねる。

「元気だなあ」

きらほは制服のリボンを解いて、ベッドの端に座る。ベッドの上ではしゃぐ珠樹に、愛《いと》おしげに目を眇《すが》めた。歳《とし》の離れた弟か妹を持ったらこんな感じなのかなと、思う。

きらほは、しばらく制服も着替えずに珠樹《たまき》を見つめていたが――。

急に、顔をしかめた。

「うん……？」

クンカクンカと、小さな団子鼻を動かす。

なにやら臭うのだ。

土の臭いというかなんというか、強烈な臭いだ。

臭いの出元をたどって顔を動かしていくと、跳ねるのを止《や》めてベッドの上でクロールを始めていた珠樹の上にたどり着いた。臭いの発生源が珠樹だと確信する。

医院や帰りの電車の中でもちょっぴり変な臭いがするなとは思ったのだが、そこまでは感じなかった。しかし、四畳半のきらほの部屋では我慢できないほどである。

「珠樹……」

「うん？」

珠樹がクロールを止めると、息継ぎみたいな格好で顔を上げて固まる。

「アンタ、お風呂《ふろ》いつから入ってない？」

「えーっと」

指折り数える珠樹。

「ゴショーに会ってからだから、七日ぐらい？」

「七日!?　一週間も体を洗ってないの？」

悲鳴を上げてきらほは立ち上がる。ベッドから珠樹を抱き上げ脇《わき》に抱えると、部屋から飛び出した。階段を駆け下りる。

「きらほ、どこに行く？」

「お風呂に決まっているでしょう！」

脇の珠樹が暴れ出した。

「いやだぁ！　僕、お風呂入るの嫌い！」

「好きとか嫌いの問題じゃないの！　一週間も風呂に入ってないなんて、臭うはずだわ。朝永《ともなが》だったら聞いたとたん、本当に窓から放《ほう》り投げていたわよ！」

初めて珠樹を見た瞬間に、朝永が顔を歪《ゆが》めた理由が分かった。神経質な朝永のことだから、あの距離でも珠樹の不衛生に気がついたのだろう。抱きついてきたのを避けて、珠樹に異常なほどの嫌悪感を示したのも納得である。

「いやだ、いやだったら」

なおも暴れる珠樹をきらほは一階の浴室に連れて行くと、オーバーオールと下着を無理やり剥《は》ぎ取った。

「おりょ」

きらほの目が点になる。

ついていると思われたものがついてなかった。

「珠樹……あんた、女の子だったの？」

珠樹《たまき》は答えずに、少々赤らめた顔を背けた。

真っ赤な髪をあまりに短く刈り上げているせいで男の子にしか見えなかった。このぐらいの年頃《としごろ》の子供は服の上からではほとんど見分けがつかない。

「だったらますます綺麗《きれい》にしないと」

きらほは風呂場《ふろば》に入ると浴槽に湯を張り始めた。戻ってくると珠樹が洗濯機の陰に縮こまって、雨の中に捨てられた犬か猫のようにブルブルと震えている。

「お風呂、嫌いだったら。入るぐらいなら、僕、死ぬ……よ?」

いじけたように唇を突き出した。

「なんでそんなに嫌いかなあ」

きらほはどうしたもんかと腕を組む。

それからポンと手を打った。

「分かった。じゃあ、私も一緒に入ってあげるから。それならどう?」

きらほも小学校高学年になるまでは一人でお風呂に入るのが嫌だったのを、思い出した。

四年生ぐらいまでは父の幸助《こうすけ》と一緒に入ることもあった。

「きらほも、一緒?」

珠樹は指を口にくわえる。

しばらく悩むと、しぶしぶといった風に頷《うなず》いた。

「よくもまあ、こんな体で耐えられたわねえ。痒《かゆ》くなかった？」

泡だらけの珠樹の背中を糸瓜《へちま》のスポンジでごしごしやりながら、きらほは呆《あき》れた声を出した。

背中や足とか、服で覆われていた皮膚のすべてが、黒っぽい藻のようなもので覆われていた。七日も風呂に入らないでいるとこんな感じになるんだ、と感心してしまうほどだ。

「痒くないよ。平気だよ」

「アンタは平気でも、見てる方が痒くなるの」

きらほは珠樹の足の指から頭の先まで、隅から隅まで念入りにスポンジで擦《こす》りあげると、大流量のシャワーで泡を流した。すると泡の下から桃色のツルツルプニプニの肌が現れる。

（やっぱり、小さい子の肌って綺麗だよねえ）

きらほは自分のと比べながらしばし見つめた後、その背中をパンと叩《たた》いた。

「はい、一丁あがり。湯に入って」

「は――い」

入るまではあれだけ嫌がっていたくせに、珠樹は素直にバスタブに飛びこんだ。浅く張った湯に入ると、気持ちよさそうに顔を緩める。

「ごくらくごくらく」

どこで覚えたのか、妙にじじむさい言葉を使う。

「よく言うわ」

きらほは肩をすくめると、髪を濡《ぬ》らしてシャンプーを始めた。

天然の薄い茶毛に両手をやって泡をブクブクさせながら、きらほは鏡の中の自分を見つめた。それから珠樹《たまき》に気がつかれないように、小さくため息をつく。

(なんとなく勢いで預かるなんて言ってしまったけど……)

今さらに、ちょっぴり不安になっていた。

お風呂《ふろ》に入れるだけで、ちょっとした騒動である。朝永《ともなが》には、たった一晩ぐらい面倒見ろ……と、簡単そうに言ったが、肉親でもない幼い子供を預かるのは、それなりに大変なことかもしれない。

このお風呂を出た後は、夕飯をとって、軽くテレビでも見て就寝の予定である。よほどのことがない限りスムーズにいくだろうが、相手は何をしでかすか分からない子供。お風呂に入る時と同じように、予想もできないトラブルが発生するかもしれない。

それに――。

『珠樹は吸血鬼だ』

朝永の台詞《せりふ》が蘇《よみがえ》る。

今、お風呂に気持ちよさそうに浸《つ》かっている女の子は吸血鬼なのだ。それも真祖と呼ばれる重い症状の。

吸血鬼に噛《か》まれたら、その人も吸血鬼になる。もし吸血鬼症に感染してしまったら……。

(ううん、そんなこと!)

きらほは小さく首を振った。

（なにを考えているのよ。珠樹が私を噛むなんてこと、あるわけないでしょ？）

自分に言い聞かせるように、きらほは強く思う。白川《しらかわ》医院で珠樹を預かると朝永に言った時、珠樹が誰《だれ》かを噛むなんて微塵《みじん》も思っていなかった。なのに今になって、胸の奥の、そのまた奥の方に微《かす》かな不安の影が差していることに、気がつく。

（——朝永のこと、差別医師だなんて言えないかな）

きらほは唇を噛んだ。明日、朝永に会ったら今日のことを謝ろうかな、と思う。

シャンプーのすすぎを終えて、きらほはチラリと珠樹の方に目をやる。

ドキリとする。

湯船の珠樹が深刻な顔でジ——と、きらほを見ていたのだ。たった今、考えていたことを珠樹に悟られたような気がして、きらほはハラハラとした。

「——きらほ」

珠樹の口が、ゆっくりと開いた。きらほは息を呑《の》みこむ。

「な、なに？」

「きらほ——。おっぱい、ものすごく小さいな」

ゴツン——。

きらほは拍子抜けしたあまり、目の前の鏡に頭をぶつけた。

珠樹の吸血鬼とか差別がどうとか真剣に考えていた時、当の珠樹が気にしていたのはきらほの胸らしい。きらほの頭の中に立ちこめかけていたモヤモヤが一気に晴れた。

「そ、そうかな。これでも平均よりちょっと控えめなぐらいよ、たぶん」

バストを押さえながらきらほ。こんな年端もいかない女の子に言われるほど小さいのか、と、わりとショックである。それも、ものすごくだ。

「でも、シスターのミキ姉《ねえ》のはロケットみたいだよ？」

「ロケット!?」

きらほは、種子島《たねがしま》宇宙センターの発射台にそびえたつH2ロケットを想像した。たしかに並大抵の寄せや上げでは、そのミキ姉なるシスターには勝てそうにない。

きらほが「うーーむ」と唸《うな》りながら、様々な方向から胸を寄せたり引っ張ったりしてロケットを作ろうとしていると——、

「きらほは手術、受けたことある？」

急に、珠樹《たまき》が静かな声で尋ねてきた。

寄せるのをやめて、きらほは珠樹の方を向いた。

「うん、あるよ。珠樹が明日受けるのと同じ、魔法を使う手術。朝永《ともなが》がやってくれたの」

「こわくなかった？」

「うーーーん。そうでもないかな。あの時はもう必死だったから、手術を怖がってる余裕、なかった」

お尻《しり》にしっぽは生えるは、頭に猫耳は生えるわで大パニックだったのだ。

「それに朝永が結構、自信がありそうだったから、手術は成功するって信じてたかも。だってほら、あいつってなんとなく根拠のない自信で溢《あふ》れている感じでしょう？」

朝永の顔を思い浮かべて、きらほはクックと笑った。

珠樹は呟《つぶや》くように言った。

「……そうか。きらほは、れおまのこと、〝ホレてる〟んだ」

きらほは、顔が瞬間湯沸かし器みたいにカ――っと熱くなった。頭のてっぺんと両耳から蒸気が噴き出たような、そんな気がした。

「ど、どうしてそうなるのよ。というか、ホレるなんて言葉、なんで知ってんの！」

「シスターが言ってたよ。誰《だれ》かを信じるってことは、マシンガンで蜂《はち》の巣にしたいぐらい相手のことを〝ホレる〟ことだって」

一体そのミキ姉はどんなシスターなのだ、ときらほは思う。

珠樹は何やら納得したように腕を組むと、ウンウンと頷《うなず》いた。

「じゃあ、きらほは、れおまと結婚するんだ」

「だから、どうしてそうなるのよ！　あのね、私はオカルト医師としての腕は信じているけど、あいつのこと好きでもなんでもありません。むしろ嫌いなぐらいよ。性格は根暗だし、融通はきかないし、小さいことにうるさい、おまけにセクハラだし。ルックスはいいかもしれないけど、あれじゃあ」

どうして小さい子供相手にこんなに必死になって否定しているのだろう、と思いながら、きらほは朝永《ともなが》の悪口を言い続ける。それを珠樹《たまき》は不思議そうな顔で聞いていた。

きらほは珠樹を改めて見た。

「珠樹は……、明日の手術、怖いの?」

ちょっとした間――。

「……こわい」

正直に答えようか悩んだ挙句《あげく》……、そんな感じだった。

「ゴショーのことは好きだから、信じられるけど、でも……」

「そう……だよね」

珠樹の受ける『総換血手術』。血をそっくりそのまま入れ替える手術だという。そんな説明を受けたら、小さな女の子じゃなくとも怖くなるだろう。

「痛い、かな……?」

「ゴメン……。私は分かんない」

「痛かったら……いや、だなあ」

珠樹は胸で手を合わせた。

きらほは息を呑《の》む。

珠樹の体がブルブルと震えていた。

怖いのだ。とにかく怖いのだ。

あの小さい体で、今、珠樹は手術の恐怖から必死に逃れようとしている。見ているだけできらほまで不安になってくるような絶対的な恐怖から。

きらほはバスタブへ近づくと、前かがみになって珠樹の頭を優しく撫《な》でた。

ゆっくりと震えが止まっていく。

珠樹が顔を上げた。

「きらほ。手術したら、本当にパパとママ、帰ってくるかな？」

鳶色《とびいろ》の大きな瞳《ひとみ》を不安そうに揺らす。

きらほはウッと言葉を詰まらせた。しかし、珠樹の頬《ほお》に手を添えると、大きく頷《うなず》いた。

「大丈夫。珠樹の病気が治ったら、きっと帰ってくるよ」

欺瞞《ぎまん》だ――と、思っていた。自分は酷《ひど》い嘘《うそ》をついていると。だが、手術を恐れている珠樹に他《ほか》に何を言えばいいというのか。

「うん、そうだよね」

珠樹はにっこりと微笑《ほほえ》む。

きらほは泣きそうになるのをグッと堪《こら》えながら珠樹を見つめた。そして思う。

珠樹はたしかに吸血鬼なのかもしれない。でも、彼女が誰《だれ》かの血を吸うことなんてありえない。パパとママに会いたがっている小さな女の子だと――。


さてさて。

時間は少し進み、お風呂《ふろ》上がりのことである。

「珠樹《たまき》、ちょっと待ちなさい！」

橙色《だいだいいろ》のタオルをカウボーイのロープみたいに振り回しながら、きらほは真っ裸の珠樹を追いかけていた。

（なんで逃げるの？　もう意味、分かんない）

一階の床という床をビシャビシャに濡《ぬ》らしながら逃げる珠樹の背中を追走しながら、きらほは不思議がる。一緒にお風呂《ふろ》場から出て、きらほが濡れた珠樹の体を拭《ふ》こうとタオルを頭の上に置いた瞬間、急に走り出したのだ。

もうすぐ七月、といっても夕方になるとそれなりに気温は下がる。明日は手術だというのに湯冷めして風邪をひいてしまったら大変だ。たった一晩の仮の保護者といっても、きらほには珠樹の健康管理をする責任がある。きらほはバスタオルを体に巻きつけただけで、珠樹を追いかけた。

珠樹はきらほの制止を聞かず、リビングダイニングや畳の部屋、台所のテーブルを縦横無尽に走り、その小さな体を生かしてテーブルの下やきらほの手の間をすり抜けながら逃げ回る。キャッキャッと声を上げてはしゃいでいるところを見ると、どうやら、じゃれているらしい。

（ホントにもう、子供なんだから……）

やれやれとため息をつきながらも、ここはつきあってやろう、と思ったきらほは、頭に指で角をつくると怖い顔で珠樹を追いかけまわした。

しばらくすると、チョロチョロと軽快なフットワークで走っていた珠樹が、突然、立ち止まった。

きらほの巧みな誘導により玄関の隅まで追い詰められたのだ。目の前は断崖絶壁《だんがいぜっぺき》。

珠樹はしまったという顔になって振り返る。

きらほは桃色の唇をニヤリと歪《ゆが》ませた。タオルを持った両手を掲げゆっくりと珠樹に近づいて行く。

さすがの珠樹も真っ裸で外には走り出せない。きらほの方を向くと、恐怖の顔を浮かべて一歩一歩後ずさった。

片方の足の裏が半分ほど絶壁からはみ出すぐらい、ギリギリまで追い詰められた珠樹の前に、きらほは仁王立ちになった。

「ふっふっふ。どうやら年貢の納め時のようね」

時代劇の悪人のような台詞《せりふ》を吐くと、きらほはタオルで珠樹の濡れた茜色《あかねいろ》の髪を包みこもうとした。

その時だった。

「御免——」

という声がしてきらほの目の前の玄関の扉が開いた。

「ほへっ」

きらほは固まった。

玄関先の人間も、扉を開けたまま固まっていた。


周りの空気が一瞬で凍りついたような、そんな魔法がかけられた気がきらほはした。

だが、珠樹《たまき》はその魔法をあっさり破ると訪問者を指差した。

「あっ、れおまだ」

その声とほぼ同時であった。

きらほの肩に作ってあったバスタオルの結び目が、突然、ほどけた。

ハラリと。

本当にそんな音がしたかのように、バスタオルは落ちる。


コンマ数秒ぐらいの誤差があって、玄関先の人間が眉《まゆ》をひそめた。

「やっぱ、ロケットじゃないなあ」

珠樹のそんな台詞《せりふ》は、きらほの悲鳴によって掻《か》き消されたのだった。

3　朝永《ともなが》の頼み

「非常識にもほどがあるわ！」

バンッ——。

きらほは食卓を叩《たた》いた。上に並べられていたピザが一瞬、浮き上がり、エビマヨピザに手を伸ばそうとしていた珠樹がおっと、と驚いた顔になった。

風呂《ふろ》上がりの事故から一時間ほど経《た》った、桜乃《さくらの》家の一階のリビングダイニングである。大量のピザが並べられた食卓の近くにジャージ姿で立つきらほと、ドクターコート姿の朝永、そして黄色のパジャマを着た珠樹の姿があった。

きらほは眉を吊《つ》り上げて朝永を睨《にら》みつけている。さながら地獄の閻魔《えんま》かダンジョンの奥底に住む悪鬼。一目見れば夢に出てきそうな形相だ。

しかし当の朝永はというと、無心でピザを食べ続ける珠樹の横の椅子《いす》で長い足を組み、台所で勝手に淹《い》れたインスタントコーヒーを飲んでいる。

きらほはそんな朝永の態度がますます腹立たしくて、体をブルブル震わせた。

「ちょっと、朝永、聞いてるの？」

きらほが再度食卓を叩くと、やっと朝永は顔を上げた。

「そんな大声を出せば、聞きたくなくても聞こえる」

なんともふてぶてしい態度である。きらほは震える指でその顔を指した。

「あんたねえ、よくもまあ、そんなに平気な顔でいられるわね。ひ、人の……裸を見たくせに」

真っ赤な顔で叫ぶ。朝永《ともなが》はため息をつくと、やれやれと頭を振った。

風呂《ふろ》上がりの不幸な事故から今までというもの、きらほはずっとこんな感じだった。自分の裸体を見た朝永を何度も弾劾し、強硬な態度で言葉攻めにする。朝永が何度事情を説明しても、お腹《なか》がすいたと喚《わめ》きだした珠樹《たまき》のために注文した夕飯のピザの代金を全額払っても、きらほの怒りは収まらなかったのである。

「桜乃《さくらの》……。さっきから言っているが、これでも俺《おれ》は医者で、人の体を相手にするのが仕事だ。だからバスタオル一枚だろうが、真っ裸だろうが、見てもいちいち何とも感じない。ましてや桜乃の体など、珠樹の裸を見ているのとそう変わらない」

「やっぱり見てたんじゃない！」

きらほの顔が怒りと恥ずかしさで赤からざくろ色に変わる。エッチ、スケベ、ムッツリetc.etc.、その辺のありとあらゆる罵詈雑言《ばりぞうごん》を機関銃のように口から連発する。しかし、朝永は聞こえていないかのように、平気な顔でコーヒーカップを口に運んでいた。

「だいたい鍵《かぎ》がかかってなかったからって、普通、人の家の玄関の扉を勝手に開ける？」

「……その話も三回はした。何度もチャイムを鳴らした。しかし、いくら鳴らしても返事がない。試しにドアノブを引いてみたら鍵がかかっていないので、そのまま開けたまでだ」

「嘘《うそ》ね！」

きらほは朝永を指差して断じた。

「だってチャイムなんて聞こえなかったもの」

「それは風呂に入っていたから……」

「いいえ違うわ。最初から覗《のぞ》きが目的だったのよ。今日、私の家、家族がいないことを知ってたから。それにつけこんで！」

きらほはヒステリックに叫ぶ。朝永は額《ひたい》を指で押さえた。

「前から言いたかったが、桜乃……。お前は少々自意識過剰だ。それに加えて妄想癖の兆候もある」

「大きなお世話よ！」

「興奮する気持ちは分かるが、何度も言うように俺はお前の裸を見てもなんとも感じない。だからお前は裸を見られたことを恥ずかしがることはない。そうだな……、猫にでも見られたと思えば、多少は気がおさまるのではないか？」

「おさまるわけ、ないでしょう!!」

きらほは腕を組むと、プイっと赤い顔でそっぽを向けた。朝永は再びため息をつく。

その横でピザをどんどん平らげていた珠樹が、きらほと朝永の顔を交互に見た。

「もしかして、きらほとれおま、夫婦喧嘩《ふうふげんか》してる？」

「違う」

「違います！」

ほとんど同時に、二人の声が飛んだ。

珠樹《たまき》は指をくわえてキョトンとする。

「じゃあ、このきらほのピザもらってもいい？」

何がじゃあなのか分からないが、珠樹がきらほの目の前のベーコンポテトピザに手を伸ばそうとした。珠樹用に注文した六枚のラージサイズのピザは粗方なくなっている。

「駄目」

きらほはピシャリとその手を叩《たた》いた。「ケチ」と珠樹はむくれる。

きらほは深呼吸を何度もして高ぶった気を落ち着かせると、やっと椅子《いす》に腰掛けた。

「それで……。覗《のぞ》きじゃないとしたらドクター朝永《ともなが》は何をしに私のうちに来たのかしら？学校の名簿で調べてまでして」

ピザをカリカリ食べながら、きらほは食卓の反対側の朝永にジト目を送った。

「理由は実に簡潔だ。小柴《こしば》珠樹を引き取りにきた」

朝永がコーヒーカップを置くと、真面目《まじめ》な表情できらほを見た。

きらほは怒りを一瞬忘れて、ドキリとした。ほとんど条件反射。それぐらい真剣な時のこの男の顔はいいジャブを持っている。

きらほはそれを悟られないようにピザをくわえた顔を背ける。横目で朝永を見た。

「今更なによ。医院であれだけ珠樹に酷《ひど》いこと言ったくせに」

「そうだそうだ」

珠樹《たまき》もうんうんと頷《うなず》きながらはやす。

朝永《ともなが》はきらほを見つめる表情を崩さず、続けた。

「珠樹を頼まれたのは俺《おれ》だ。やはり、俺が今晩預かる責任がある」

「でも、一度、責任を放棄したじゃない」

きらほは尖《とが》らせた唇をツンと、朝永の方に突き出した。

「それは――」

朝永は顔を少し引いて、言葉を詰まらせる。

「――悪かったと思っている」

視線を少しずらして朝永はそう言った。

きらほは――。ポカンと口を開けて、くわえていたピザを落としそうになる。

耳を疑う。

あの朝永が。いつでもどんな時でも自信たっぷりで、ふてぶてしいほど冷静で、天上天下唯我独尊で、性格ドブスのあの朝永が。謝ったのである。明日は雪か槍《やり》でも降ってくるのではあるまいか。

「四年ぶりの呉鐘《ごしょう》からの連絡で、少し冷静さを失っていた。すまん」

朝永は謝罪を続けた。

きらほは、田舎《いなか》にまで妻と子供を追いかけてきて浮気の謝罪をする旦那《だんな》でも見ているかのような気持ちになる。

「わ、分かればいいのよ。分かれば」

きらほはもう一度そっぽを向くと、食べかけのピザをカリカリと完食した。

「でも、こればっかりは、私の一存では決められないかな」

イヤらしい笑みを顔に浮かべると、珠樹の方を向いた。

「ねえ、珠樹。怜央麻《れおま》と一緒に、戻る気ある？」

珠樹はブンブンと首を振った。

「ないよ。だって、れおま、怖いんだもん」

「だーって」

きらほは意地の悪い顔を朝永に向ける。

むうっと、朝永は唇を歪《ゆが》めた。

（うふふ。悔しがってる、悔しがってる）

きらほはほくそ笑んだ。これを機会に、今まで散々皮肉を言われたのを清算してやろうと思う。

「それにれおまのところに行ったら、きらほはいないんだよね？　いやだ、絶対にれおまのところ、行かない」

珠樹は朝永を睨《にら》むと、さらに追い討ちをかけるように言った。

朝永は、むむむむっ、と苦虫を何十匹も噛《か》みつぶしたような顔になる。

（えへへへ）

きらほは胸の中で笑った。

たぶん、朝永《ともなが》が何を言ったところで珠樹《たまき》はついて行こうとはしないだろう。医院であれだけいじめたのだ。子供の恨みは根が深い。

裸を見た罰よ、なんて思いながら、きらほは少々困った顔の朝永をちょっぴりサディスティックな気持ちで見つめていた。

が——。

ふと、大事なことに気がついて、きらほはうつむき、急に考えこんでしまう。

(でも、本当は、珠樹は朝永と新宿に帰った方がいいのかな？)

明日の手術は白川《しらかわ》医院で行われる。だったら、明日になってバタバタするよりできるだけ早いうちから現場にいた方がいいかもしれない。そして、恐らく自分から珠樹に言えば、大人《おとな》しく朝永のところへ行くと思われるのだ。

(だったら、そう言った方がいいのかな)

きらほは小さく唇を噛《か》んで、朝永と睨《にら》み合う珠樹を見つめた。

………ただ。

ひっかかる。素直に珠樹を朝永に返せない理由がある。

それは、珠樹のためでも朝永のためでもなく、きらほの個人的な理由。というよりむしろ、わがままに近いことである。

——後ろめたさ。

あのお風呂《ふろ》の中で感じた珠樹のことが怖いという気持ちが、逆に朝永に渡すことを躊躇《ためら》わせるのだ。

怖くなって朝永に返した。

そんなことは珠樹も朝永も誰《だれ》も考えはしない。きらほ自身も、もし返したとして、そのわけは珠樹の病気とは関係ないことを認識はしている。

でも、それでも、なんとなく後ろめたい。それに一度、珠樹を一晩自分で預かると決めたのだから、最後までという気持ちもある。

(どうしよう……)

手術のことを考えると珠樹を朝永に返した方がいいし、きらほ自身の希望としては、今晩一日珠樹を預かりたい。

ジレンマの中できらほの気持ちは微妙に揺れた。

(まあ、ここは二人に決めてもらおう)

睨み合う朝永と珠樹を眺めながらきらほは思う。

どちらかを応援しない代わりに、結果がどちらになっても反対はしない。このままでは朝永の旗色が悪そうだが、それならそれで仕方がない。予定通りになるだけの話である。

そんなわけできらほは静観することにした。

——だが、それが思わぬ展開を招くことになった。

顔を歪《ゆが》ませていた朝永《ともなが》が、急に穏やかな表情になって珠樹《たまき》の方を見た。

「そうか。俺《おれ》と一緒に来るのはどうしても嫌、というわけだな」

珠樹が顔を縦に振る。

朝永は顎《あご》に手を当てて、しばらく何か考えるような仕草をした後、口を開いた。

「だったら、俺が今晩、桜乃《さくらの》の家に泊まる、というのはどうだろうか？　それなら桜乃もいるし、俺もお前の近くにいることができる」

「へっ？」

ボーっとしていたきらほは、急に我に返って惚《とぼ》けたような声を出した。はっきりと聞こえなかったが、朝永がこの家に泊まるとかなんとか言ったような。

「うん、それならいいよ」

珠樹がニイって笑った。

「では、それでいくか」

朝永は頷《うなず》くと、きらほの方を向いた。

「そういうことだ。桜乃。今晩、俺もここに泊まる。問題ないな？」

一瞬、間が空いて、

「問題ないな……っ、じゃない！」

きらほは勢いよく立ち上がった。朝永が意外そうな顔できらほを見上げる。

「なんだ、桜乃は反対なのか？」

「当たり前でしょう。パパもママも琢己《たくみ》もいないのよ。分かる？　要するに、今晩、この家には私と珠樹の二人しかいないの！」

「分かっている。だから、なおのこと都合がいい」

「都合よくない！　親がいないことをいいことに、年頃《としごろ》の娘が男を家に泊めるなんて……そんなこと、できるわけないでしょう？」

きらほは目を瞑《つぶ》ると両腕を上げた。

「そんな前世紀の倫理観を持ち出されても困るな」

朝永はテーブルの上に片肘《かたひじ》をついて、うんざりした顔になる。

「いいえ、これは人類が始まって以来、未来永劫《えいごう》変わることのない永久の真理よ！」

「何を心配しているか知らないが……、怖がることはない。俺は桜乃に何もしない」

「そんなの分かるもんですかっ！」

きらほはツンっと横を向いた。

あるいは、いつものきらほだったら、あっさり認めていたかもしれない。しかし、あんな事件があった直後では、朝永が男であることをさすがに意識してしまう。

たしかに朝永は、あれほどの美貌《びぼう》を持ちながら学校でもどこでも女気がない。もしかして男の子の方がいいのでは、と女子に噂《うわさ》されたりするぐらいである。が、それでも男は男だ。いつどう心境が変化するか分からない。一つ屋根の下で一晩すごすなんてとんでもないザマス。行動的なようで、きらほはそういう古風なところのある娘である。

――と。

いきなり朝永《ともなが》が席を立ち上がった。

無言できらほの方へと来ると、横を向いていたきらほの前に立ち、長身から赤い瞳《ひとみ》で見下ろす。

(なに、どうする気?)

きらほは焦りの表情を浮かべた。

「桜乃《さくらの》」

そして言う。

朝永が真摯《しんし》な顔をきらほに近づけた。

「な、なによ」

唾《つば》を飲みこみながら、きらほは着ているジャージの胸を掴《つか》んだ。

「頼む……。今晩、俺《おれ》をこの家に泊まらせてほしい」

――ウウッ。

きらほは息を詰まらせた。

改めて言うまでもないことだが、朝永は銀幕か漫画の世界から飛び出してきたような美《び》貌《ぼう》の持ち主である。そんな顔が毛穴もはっきり見えるくらいすぐ目の前にある。それも、これで何人も女の子を落としてきました、とでも言っているかのような、真剣な中に憂いのある魅惑の表情で。

そんなのに見つめられて「頼む」などと言われると、どんな女の子でも思わず頼まれたくなっちゃったりするじゃないかと、きらほは思う。事実、きらほ自身もそうなっていた。

いや、しかし。

（た、耐えてみせるわ）

きらほは果敢にも抵抗を試みた。

「駄目……よ」

弱々しい声でそう言うと、黒くて大きい目の先を鋭く尖《とが》らせて朝永の顔を真正面から見返した。過去に言われた皮肉や暴言の数々を頭に浮かべることで、朝永の視線に耐えようとした。きらほ、ナイスガッツ、天晴《あっぱ》れ——。

……それが命取りである。

「頼む」

もう一度、朝永にそう言われた時、きらほの中でガラガラガッシャンと大きな音がした。

きらほの自制心を支えていた堤防が、朝永のマスクが放つフェロモンの波状攻撃の前にもろくも決壊した音だった。

きらほは真っ赤になった顔を横に向けると、ほとんど無意識のうちに言ってしまった。

「わ、分かったわよ。でも……布団は一組しかないから。ソファーで寝てよね」

＊

「子供って、どうしてこんな時間から眠れるんだろ」

きらほはふすまを閉めると壁時計を見ながら言った。

午後九時。リビングダイニング横の畳の部屋では、さっきまで元気にテレビを見ていたのに突然バッテリー切れになった珠樹《たまき》が、来客用の布団の上で健やかな吐息を立てていた。

「幼児期は睡眠誘発物質のメラトニンが大量に分泌されるからだ」

ソファーで何杯目になるか分からないコーヒーを飲みながら、文庫本に目を落とした朝《とも》永《なが》が答える。

きらほは呆《あき》れ顔でそんな朝永を見た。

「そんなにコーヒー飲んで、あんたの方は今晩、眠れるの？」

「問題ない。俺《おれ》の場合、飲まないと逆に眠れない」

「でもそれインスタントでしょう？　珈琲《コーヒー》愛好家としてその辺はどうなのよ」

「不味《まず》いコーヒースタンドよりはましだ」

「もう、ああ言えばこう言うんだから」

きらほは押し入れの中から出してきていたタオルケットをソファーの端に置いた。

「夜、蒸し暑かったらエアコンを使って」

壁のリモコンを指差す。

「了解した」

顔を上げた朝永と、きらほは目が合う。

そのまま固まる。

静寂に包まれたリビングダイニング。ジリジリと鳴く蛍光灯や遠くの自動車の音が、不思議なくらい大きく、きらほには感じられていた。

きらほはパンと手を打って無言の均衡を破る。

「あっ、そうだ。ピザの箱、隠さないと」

明日の夕方にはきらほの家族は帰る。沢山のピザの箱を見たら奇妙に思うだろう。

きらほはスリッパをパタパタさせながら、食卓に駆けて行く。

広げた空箱を積み重ねながら、きらほは横目でソファーの朝永に視線を送る。

意識してしまう。

さっきまでは珠樹が起きていたのでかろうじてそうではなかった。が、寝てしまった今、実質上、この家にはきらほと朝永の二人っきり、な状況である。

(やっぱり、まずいよね)

クラスメイトの男子と一つ屋根の下で二人。一般的には何が起きてもおかしくないシチュエーションといわれている。

それでも、早まった……、とはきらほは思っていない。もしもう一度、朝永に同じように頼まれたら、自慢じゃないが次もお泊まりを認めてしまう自信がある。朝永《ともなが》に見つめられるというのは魔法のようなもので、抗《あらが》えるものではないような気がする。

だから逆をいえば。

あのような感じに朝永に何か他《ほか》のことを頼まれても、きらほは断れないかもしれない、ということである。たとえば――。

(たとえば、いきなり迫られたりしたら……)

きらほは空箱を集める手を休めた。やっぱり断れないような、そんな気がしたのだ。

迫る朝永というものを想像してみようとする。

『頼む。今晩、桜乃《さくらの》が欲しい……』

きらほは赤い顔をプルプル震わせながら、口を手で押さえた。

駄目だ。断れないかも、と思う。妄想するだけでこれだ。実際に迫られたらのぼせ上がって、簡単に頷《うなず》いてしまいそうだ。

桜乃きらほ、貞操の危機?

(――って)

きらほは首を振る。

(そんなこと、あるわけないでしょ。もっとクールにいこうよ、きらほ)

台所からたこ紐《ひも》を取ってきて折り畳んだ箱を縛る作業に取りかかった。

朝永が自分に迫るなんてことがあるわけがない。二人っきりなら毎週末バイトの時間に白川《しらかわ》医院で起きていることで、迫るつもりならいつでもできたはずなのだ。今さら慌てる必要なんてない。

（いや、でもでも、でも——）

別の声も聞こえてくる。

バイトがあるのはいつも昼間。そして今は暗闇《くらやみ》の支配する夜——。男はみな狼《おおかみ》だという。そして狼は夜行動物。演繹《えんえき》的には夜の朝永はちょっと違うぞ——、ということもありえる。

（いや、だから妄想だって！）

きらほはパタパタと手を振った。たこ紐で縛ってまとめたピザの箱を勝手口から外に持ち出すと、床下に隠した。

（朝永が私に迫るなんて、あるわけないじゃない）

自分に言い聞かせるように呟《つぶや》きながら台所に戻る。

ドキリとする。

勝手口の前に朝永が立っていたのだ。

「ど、どうしたの？」

できるだけ朝永の顔を見ないようにして尋ねる。朝永は右手の茶色のガラス瓶を掲げた。

「消毒用のアルコールが切れていた。すまないが持っていたら貸してくれ」

「いいけど、何に使うの？」

「商売道具の手入れだ」

冷蔵庫の上に置かれた救急箱から出したエチルアルコールを渡すと、朝永《ともなが》はソファーに戻ってリビングテーブルの上に茶色いバックスキンのシートを広げた。その上にメスや鉗《かん》子《し》といった道具を並べていく。

アルコールを白いクロスに含ませて、メスを拭《ふ》き始めた。

「別に今晩しなくたっていいんじゃない」

きらほはフローリングの上に体育座りすると、首をすくめた。

「日課だからな。毎晩しないと落ち着かない。銀製品は硫化しやすいんだ」

答えながら朝永は磨いたメスの端を持って蛍光灯にかざした。刃の部分を、半目で見つめると、再びクロスで拭き始める。

きらほは呆《あき》れた。

どうやら本当に朝永は二人っきりのこの状況を意識していないようだ。きらほよりもメスや鉗子の方が気になるらしい。

それはそれで異性として情けないような気もしたが、その方が朝永らしいともきらほは思う。小さく笑いながら、手入れを続ける朝永を眺めた。

「ねえ、朝永……」

「どうした?」

自分の手元に目を向けたまま朝永が答える。

「本当はどうしてうちに来たの？　別にいいじゃない、責任なんて。朝永がいなくたって、私、一晩くらい、ちゃんと珠樹《たまき》の面倒を見ることできたよ」

　すぐに返事はない。

　代わりにクロスとメスが擦《こす》れる音が響いた。

「別に——。桜乃《さくらの》が珠樹の面倒を見られないと、疑ってきたわけじゃない」

「じゃあなんでよ」

　朝永はメスとクロスを置くと、珠樹の寝ているふすまの方に目を向けた。

「珠樹は吸血鬼だ。監視する必要がある」

「あんたねえ、まだそういう……」

「差別ではない。吸血鬼は疾患であり珠樹はその患者だ。血中の『エーテル球』が一定レベルを超えて症状が進めば、彼らは人としての理性を失い、血を求めてしまう。我々は彼らから血を与えられないように身を守らないといけない。これは差別とは違う」

　朝永は険しい表情できらほをじっと見据えた。

「でも、珠樹は大丈夫でしょう？　ずっと一緒にいるけど、全然おかしそうな雰囲気はなかったわよ」

「今のところはな。連絡のあった呉鐘《ごしょう》から聞いたが、今朝の八時の時点での珠樹の血中『エーテル球』の量は平常だった。危険域にはまだ開きのあるレベルだ」

「だったら別に問題ないいじゃない。アンタがわざわざ私の家まで来ることないわよ」

きらほは薄桃色の唇を尖《とが》らせた。

——と。

「桜乃《さくらの》が心配だった」

頭の上から意外な言葉が返ってきた。

きらほはハッとしたように顔を上げた。

朝永《ともなが》の穏やかな表情がそこにあった。普段、冷酷にしか見えない紅色の瞳《ひとみ》は優しく細められ、吸い寄せられるような美麗な光をたたえていた。

(心配だったって。それってどういう……)

きらほはゴクンと唾《つば》を飲みこんだ。心臓がバクバクと高鳴る。

「べ、べつにあんたに心配される筋合いじゃ……」

きらほは消えそうな声で呟《つぶや》いた。

「いや、筋合いはあるな」

朝永が元の険しい表情に戻る。

「えっ？」

きらほがきょとんとすると、朝永はきらほから視線を背け、クロスとテーブルの上から新しいメスを手にした。

「医院のスタッフを守るのもドクターの義務だ」

クロスがけを再開する。

きらほは口をポカンと開けて少しの間、固まった。それから小さく息をつく。

「そ、そう、……医療スタッフとしてね」

未《いま》だ火照《ほて》ったままの頬《ほお》を両手で押さえる。

（な、何を考えているのよ。朝永が私のことを心配するはずないじゃない）

きらほはバクついた心臓を鎮めようとした。

（どうせ三百万円分働くまで、私がどうにかなったら困るとかそんな理由なんだから！）

自分にそう言って聞かせると、体育座りから立ち上がる。二、三回大きく息を吸う。

もう一度、朝永の方を見た。

「さっきの話だけど、じゃあ呉鐘《ごしょう》さんに連絡がついたんだ。明日の手術の詳しいことは聞いた？」

「ああ。白川《しらかわ》医院で五時から始める」

「五時って、朝の五時？」

「明日、霊脈が最も穏やかになるのがその時間だ。先ほど、四時に車で迎えにくるよう呉鐘に電話をしておいた。勝手に桜乃の家の住所を教えたがよかったか？」

「それはいいけど、それはまたかなり早い時間ね」

きらほはきつそうな顔をした。

「じゃあ、私はそろそろ寝た方がいいかな。起きられないかもしれないから」

「遅刻常習犯のお前はそうした方がいい。言っておくが、もし起きてこなかったら置いて行くから、そのつもりでいることだ」

メスを蛍光灯にかざした朝永《ともなが》が、いつもの無愛想な口調で言った。

いつものきらほなら、ここでプクーと頬《ほお》を膨らませてむくれるところだが、今は逆にホッとした。朝永には優しくされるより冷たくされる方が安心できる。

「うん、そうね。じゃあご忠告通り私はすぐに二階に上がって寝るわ。でも、その前に朝永にど——しても言っておかないといけないことがあるの。ちょっとついてきてくれる?」

「なんだ?」

朝永が訝《いぶか》しげな顔を上げる。

「いいから、いいから。メスを置いて、早く立ち上がって」

きらほは面倒くさそうにソファーから立った朝永を引き連れてリビングから廊下に出ると、階段の下まで行った。

きらほは腕を組んで、朝永の方を向いた。

「これがなんだか分かるわね」

きらほの言葉に、朝永がジロリと階段に視線を送る。

「……階段だな」

「そう階段よ。いい? これから先は不可侵領域よ。今晩、朝永は絶対この階段を上っちゃ駄目。分かった?」

朝永が面倒くさそうに前髪を掻《か》き上げる。

「絶対にか？」

「そう絶対に」

「もし俺《おれ》からきらほに、なにか連絡しなければいけない場合は？」

「下から大声で呼ぶか、携帯電話で連絡すればいいでしょ。あの悲劇を繰り返さないためにも、ぜったい、ぜっ——たい朝永は階段を上がったら駄目。火事にでもならない限り」

「どの悲劇だ？」

朝永が眉根《まゆね》を寄せて真剣に考え始める。きらほは諦《あきら》めたみたいに首を振った。

「もうそれはいいから。とにかくうちに泊まりたかったら誓うの。二階には行かないって」

唇を強く結んで、きらほは朝永を見上げた。

朝永は何か言いたげに口をモゴモゴと動かしていたが、そのうち小さく頷《うなず》いた。

「分かった。どんなことがあっても絶対に階段は上らん」

「じゃあ指切りして」

きらほは小指を立てた手を伸ばす。不満そうな表情をしながらも、朝永はそれに自分の指を絡ませた。

「約束破ったら、縫合用の針を百本、飲みこんでもらうんだから」

きらほは再び顔を赤らめながら朝永に告げると、絡ませた指を切る。

「よしっ。じゃあ、私は歯を磨いて寝ます。おやすみなさい」

朝永の横をすり抜けると、廊下をカチカチの動きで行進する。洗面所の前で突然立ち止まり、クルリと回れ右をして叫んだ。

「指切りは絶対に破っちゃ駄目なんだから！」

4 狼《おおかみ》と蝙蝠《こうもり》の夜

「う────ん」

暗闇《くらやみ》に包まれた部屋で、きらほはベッドの上で唸《うな》りながら寝返りをうった。

大きな瞳《ひとみ》をパチクリと開ける。

ベッド横の目覚まし時計は午後十時二十三分四十秒を告げていた。

まずいな──、ときらほは思う。さっぱり眠れそうにない。

ジャージ姿のまま布団に潜りこんで三十分近くが経《た》とうとしていたが、きらほの頭はよく冷えたサイダーのようにギンギンに冴《さ》え渡っていた。羊の数を数えたり、数学の公式を浮かべたりもしたが、少しもまどろまない。

「ああ、もう」

焦るような声を出す。明日は四時起き。今すぐ寝たとしても、ねぼすけなきらほには充分な睡眠時間とはいえない。このままでは起きられず本当に置いて行かれる可能性がある。たとえ起きられたとしても、眠くて珠樹《たまき》の手術の助手ができないというのも困る。

「えいっ、えいっ」

きらほは指先にある秘伝の眠くなるツボを刺激してみた。

効果はない。逆に血行がよくなって興奮が高まってしまう。

眠れないわけは分かっていた。時間が早いことがまずあるが、それよりも一階にいる朝《とも》永《なが》のことが気になって頭から離れないのだ。

横になったまま、きらほは前髪をジリジリといじり始める。

（……さっき、私、危なかった……）

『桜乃《さくらの》が心配だった』と、朝永に言われた時のことだ。

胸の奥が揺れた。キュンッと、ときめいた。一瞬だが、間違いなく朝永を抱きしめたいと思った……。

「やばいなあ……」

きらほは思う。あれこそまさに魔がさした瞬間。一つ屋根の下に男女二人っきりになると、あんな危険がいっぱいなのだ。さらに危ないのは、他《ほか》に人がいないと、ああいう時に歯止めが利かなさそうになることである。

夜は長い。

同じように魔がさすことが朝永にもあるかもしれない。そう思うと、色んな想像が頭に浮かんできて気が高ぶるのだ。

きらほはベッドから携帯電話に手を伸ばした。誰《だれ》かにこの状況を相談できれば、少しは落ち着けるかな、と思った。

きらほは鞠菜《まりな》にコールしようとする……が、途中で止《や》める。話を聞いた鞠菜が、顔を真っ赤にして飛んでくるのが目に浮かんだからだ。それも岸田《きしだ》や黒服の男たちを伴って。そうなれば三十分もしないうちに、桜乃《さくらの》家はグルリと取り囲んだ大江《おおえ》ＳＳの監視下に入ることになるだろう。

かといって……委員長に電話するのも躊躇《ためら》われる。委員長はきらほが朝永《ともなが》の医院で働いている事情を知らない。朝永が家にいる事実だけを話しても、変な誤解をされるだけになりそうだ。

「うう……」

きらほは仕方なく、携帯電話を充電器に戻した。

「アイツ……、今、何しているかな?」

ポツリと呟《つぶや》く。

二階に上がる時はメスの手入れを続けていたから、今も一人でやっていそうではある。

(絶対に二階には来ない、って指切りはしたけど……)

あの指切りはどの程度の効力を持っているのだろうか。突然、狼《おおかみ》となった朝永の気持ちを留《とど》める抑止力はあるのだろうか。

きらほの頭の中にモワモワと、階下から二階をうかがう朝永の姿が浮かんだ。朝永はきらほと指切りした小指を見つめて逡巡《しゅんじゅん》する。だが、それはほんの一瞬だけ。美形を悪い狼のように歪《ゆが》めると、階段を上り始める(ダメじゃん!)。部屋の扉を開け、ベッドで鼻風船を膨らませながら熟睡しているきらほの横に立つと、布団をひっぺがして——。

「うぐうぐ——」

きらほは喉《のど》に何かを詰まらせたような声を出しながら上体を起こした。

妄想を弾《はじ》き飛ばすように頭をブルンブルン振ると照明をつけて、静かに部屋から出て行く。薄暗い廊下の端から勾配《こうばい》のきついまっすぐの階段を見下ろした。

一階もいつの間にか暗闇《くらやみ》と静寂に包まれていた。どうやら、きらほが二階に上がってから朝永も電気を落としたらしい。むろん、二階をうかがう朝永の姿は影も形もない。

きらほは安堵《あんど》のため息をつくと、部屋に戻って再びベッドに横になる。

一階の電気が落ちていたことを確認しただけなのに、急に気持ちが落ち着いてくる。張り詰めていた妄想の映像が晴れた。

今頃《いまごろ》、朝永もソファーの上で寝ている。手術に対してものすごく真面目《まじめ》な朝永が、睡眠不足で手術に臨もうとするはずない。夜這《よば》いなんて考えるわけがない——。

「よしっ。もう朝永のことは考えないぞっ」

頬《ほお》を軽くパンと叩《たた》いた。

「狼が来ませんように」

きらほは胸で手を組んでおまじないを唱えると、照明を消して目を閉じた。

何時間ぐらい寝ただろうか——。

きらほは、物音で目を覚ました。

「ん？」

寝ぼけた頭だったのではっきりと認識できなかったが、何かが割れたような音とひっくり返ったような音が立て続けに聞こえた気がした。

きらほはしょぼしょぼの目を擦《こす》りながら、耳をそばだてた。

と——。

キキキキキッ——。高周波の鳴き声のようなものが、今度ははっきりと聞こえた。ボーっとしていた頭が一気に晴れ渡る。きらほは布団を跳ね上げて起きた。

「なに？　今の！」

鳥の鳴き声にも似ていたが、そんな綺麗《きれい》な音ではない。ガラスに爪《つめ》を立てたような、無機質の甲高い音。それが桜乃《さくらの》家の一階の方から聞こえた気がした。

きらほはブルっと体を震わせた。息を呑《の》みこむと、暗闇《くらやみ》に包まれた部屋の中に視線を泳がせて、もう一度、聞き耳を立てる。

しかしそれっきり。何も音はしない。

（一階で何か起きてる……？）

目覚まし時計を見ると、ちょうど午前三時を回ったところである。まだ呉鐘《ごしょう》の迎えが来るには早い。

険呑《けんのん》な雰囲気を感じ取り、きらほは照明の紐《ひも》を引いた。

カチッ――。

スイッチの音だけがして照明がつかない。

何度も立て続けに引いても、カチカチという無機質な音だけが空《むな》しく響くだけ。

きらほは目を大きく開いて部屋を見渡した。

CDミニコンポの液晶や携帯電話の充電器の待機ランプも消えている。部屋に電気が来ていなさそうだ。

「アレッ？」

「どうなっているのよ……」

きらほは混乱する。

続けて起きた奇妙な音に今度は停電だ。

きらほは背筋が寒くなった。体を小刻みに震わせながらベッドから立ち上がる。もし漏電なら火事の心配がある。ブレイカーの確認ぐらいはしておかなければいけない。

たしか、以前、停電になった時、きらほの父の幸助《こうすけ》が勝手口の扉の上を調べていた。あそこに配電盤があるはずだ。

きらほはそーっと扉を開けると廊下に出た。

真っ暗な廊下。階段側の反対側にある窓のカーテンの隙間《すきま》から外の明かりがぼんやりと漏れていた。暗さでいえば部屋の方が上なのだが、廊下の方が何倍も怖く感じられた。

きらほは腰が引けた姿勢でゆっくりゆっくり、階段へ向かおうとした。

その時——。

ギ——、ギ——、ギ——。

階段から木が軋《きし》む音が聞こえてきた。

誰《だれ》かが階段を上ってきている。

きらほは、「誰——？」と、暗闇《くらやみ》に向かって尋ねようとした。が、口が思い通りに動かず「あうあう」と、うわ言のようになる。

頭の中で赤色灯が回転し警報が鳴り響く。部屋に戻らなきゃ、と思う。しかし、頭は「帰れ」の指示を出し続けるのに、体が言うことを聞かない。

ギ——、ギ——、ギ——。

階段の軋む音はすぐそこまで迫っていた。

きらほは体を戦慄《おのの》かせて、廊下に立ち尽くした。

そして——。

軋む音は止まり、階段の陰から〝誰か〟が現れた。

初め、きらほには誰が現れたのか分からなかった。その人物の体が、周りの薄暗闇《うすくらやみ》と同化していたからだ。

きらほが目を凝らすとぼんやりと浮き上がった顔の中で、紅色の瞳《ひとみ》がキラリと閃《ひらめ》いた。

それで誰か分かる。

（なんだ、朝永《ともなが》か）

ホッと、きらほは胸を撫《な》で下ろす。しかし、すぐに今度は怒りが湧《わ》いてくる。

（あれだけ二階には上がるなって言ったのに！）

きらほが抗議しようと口を開こうとした時――。

朝永がきらほに向かって駆けた。

朝永は瞬く間に目の前まで来ると、きらほの口を手で押さえ、足を払って押し倒した。

そのままきらほに覆いかぶさる。

（ちょっと、朝永！）

きらほは悲鳴を上げようとした。だが朝永に口を押さえられているために言葉にならない。手足をバタバタさせて抵抗したが、朝永はきらほの体をギュッと抱きすくめて両手と両足を押さえつけた。

きらほの頭の中は大パニックである。

朝永は自分を押し倒して、一体何をしようとしているのか。古今東西、男が女を押し倒してすることといえば相場が決まっている。

（朝永、ちょっと、離しなさいよ！）

きらほは朝永の背中を手首の動きだけでポカポカと叩《たた》いた。しかし、朝永はきらほの体を押さえつける力を弱めない。

きらほは弱々しい抵抗を続けた。

（嘘《うそ》つき！　階段は絶対に上らないって指切りしたくせに！）

信じたのに裏切られたと思うと、悔しくて目から涙が出てきた。

――と。

朝永《ともなが》がきらほを抱きすくめたまま、真摯《しんし》な表情の顔をきらほに近づけてきた。涙目のきらほの瞳《ひとみ》を見据えて小さく囁《ささや》く。

「すまん。火事ではないが……、それに近いことが起きた」

（えっ？）

きらほが呆然《ぼうぜん》として背中を叩《たた》くのを止《や》める。

その時である。

遠くで、先ほど部屋でも聞こえた鳥の鳴き声のような音がしたかと思うと、直後、大音量の羽音が一階から押し寄せた。

朝永のきらほを抱きすくめる力がさらに強くなるのと同時――。

階段から巨大な漆黒の絨毯《じゅうたん》のようなものが廊下に飛びこんできた。

「!!」

きらほは声にならない悲鳴を上げる。

漆黒の絨毯は一瞬で、廊下の天井を覆いつくした。廊下は真っ暗闇《くらやみ》に支配され、大音量の高周波の鳴き声と羽根の音によって包まれた。

さらに絨毯は開かれた扉からきらほの部屋へも延びて行く。

（なんなの、これ！）

きらほは天井をモゾモゾと動く漆黒の絨毯を、朝永の肩越しに見つめた。

絨毯を構成している黒い欠片《かけら》のようなものがきらほに向かって飛ぶ。

欠片は、キキキッとパタパタという音と共に降下してくると、朝永の背中の上を滑空して再びもとの絨毯の中に戻って行った。

きらほははっきりと、絨毯から飛び出してきたのがなんなのか確認した。

蝙蝠《こうもり》――。

絨毯に見えるものは蝙蝠の大群だ。大量の蝙蝠が密集し重なり合うようにして、廊下の天井を飛び交っているのだ。

朝永がきらほの口を覆っていた手を静かに離した。

「なんなの、あの蝙蝠？」

「珠樹《たまき》が呼び寄せた、いや正確には珠樹の血に集まってきた蝙蝠だ」

「珠樹が!?」

きらほは思わず大きな声を上げた。

すると、部屋と廊下の天井を往復していた蝙蝠の集団から、にゅうっと腕のような黒い塊がきらほの方へ伸びてきた。

朝永がとっさにきらほの顔をドクターコートの腕の裾《すそ》で包みこむ。黒い塊は朝永の近くまで伸びた後、引っこんでいく。

「大きな声を出すな。このコートの中にいる限り、やつらは俺《おれ》や桜乃《さくらの》を認識することはできないが、声には反応する」

朝永《ともなが》が目を鋭く細め、顔を強張《こわば》らせる。きらほは口を強く結んだ。

蝙蝠《こうもり》の黒い絨毯《じゅうたん》は、何かを捜しているようにきらほの部屋と廊下の間を行ったり来たりする。それを、きらほは押し黙ったまま見つめた。

（なにがどうなっているの？）

きらほは混乱した頭の中で考える。

恐らく——。

珠樹《たまき》の吸血鬼症が進んだのだ。吸血鬼症の患者の血が濃くなると魔物に近くなり、人外な力が使えるようになるという。漫画や映画の吸血鬼のように、本当に蝙蝠を呼び寄せて下知することぐらいできるかもしれない。

しかしそこまでは想像がついたが、具体的に一階で何が起きたかは不明である。今、珠樹はどうなっているか、どうやってこれだけの蝙蝠が家に侵入してきたか、分からないことだらけだ。

ただ、確かなこともある。

それは、異常事態から自分を守るために、朝永が来てくれたということ。約束を破って階段を上ってきたのも、押し倒したのも、かばってくれるためだ。

そう思うと、カチカチに強張っていた体が急にほぐれた。動悸《どうき》していた胸が落ち着いてきた。依然、自分のすぐ数メートル上を蝙蝠の大群が蠢《うごめ》く、鳥肌の立つような状況に変わりないというのに。

（私の頭ってば、どうしようもないくらい都合よくできているのかも）

押し倒された時、恐怖しか感じなかった朝永の体が、自分を守ってくれていると分かると安心を与えてくれる存在に変わっている。痴漢だとか、狼《おおかみ》だとか、あれだけ疑っていた朝永を信頼している。抱きしめられている限り、絶対に大丈夫だとそんな気さえする。

普段、無口で、性格が悪くて、何を考えているか分からないが、ここぞという時には信用できる――。

きらほはいつの間にか、朝永のことをそう思うようになっていたことに、気がつく。

チラリと。きらほは珠樹がお風呂《ふろ》の中で言っていたシスターの言葉を思い出した。

やがて蝙蝠の絨毯は階段に吸いこまれるようにして消えていった。

羽音と声が完全にしなくなると、朝永はきらほに絡めていた腕をゆっくり離して立ち上がる。用心深そうに階段から下をうかがいながら言った。

「家の外に行ったようだ。珠樹を追って行ったか」

朝永は戻ってくると、まだ仰向《あおむ》けになったままのきらほの手を取って立たせる。

「朝永……。珠樹はどうなったの？」

予想はついていた。きらほは覚悟を決めたような瞳《ひとみ》で朝永を見上げた。

朝永は答える代わりにコートの内側のポケットから黒い金属の塊を取り出した。

薄暗い中でもはっきりと分かる。

それは拳銃《けんじゅう》だった。

朝永《ともなが》は弾倉を抜くと、遊底《ゆうてい》を引いて動作の確認をする。

「ちょっと……朝永」

その拳銃が誰《だれ》に向けられるかを想像し、きらほは息を呑《の》んだ。

朝永は険しい顔をきらほに向け、そして告げた。

「桜乃《さくらの》も、もう分かっていると思う。……珠樹《たまき》の吸血鬼症が悪化した」


暁には早い、人気《ひとけ》のない真っ暗闇《くらやみ》の住宅街を二人乗りの自転車が猛スピードで駆け抜けていた。きらほと朝永だ。

朝永の予想通り一階に珠樹の姿はすでになく、玄関の鍵《かぎ》は開いていた。二人は琢己《たくみ》の通学用の自転車を借り、夜空をまばらに飛ぶ蝙蝠《こうもり》を目印に珠樹の追跡を開始したのである。

「朝永、あの蝙蝠はなに？　一階で何があったの!?」

荷台に座り朝永の腰に手を回したきらほが、声を振り絞る。ものすごい速さでペダルを踏みこみながら、朝永は顔を後ろに向けた。

「理由は分かっていないが、古くから吸血鬼症と蝙蝠の関係は深いとされている。症状が悪化して魔性化の進んだ患者は蝙蝠を集め、使い魔のように扱えるようになる。風呂場《ふろば》のガラスが派手に割れていたから、恐らくあそこから入ってきたのだろう。それ以上のことは知らん。俺《おれ》も蝙蝠の群れに突然、襲われて目を覚ました」

「襲われたって……。珠樹が朝永を襲わせたってこと？」

きらほはショックを受けた顔になった。

「恐らく違う。蝙蝠に襲われている間、廊下を歩いていく珠樹の後ろ姿が一瞬だけ見えたが、あの様子だと蝙蝠を完全に御しているようには見えなかった。連中は珠樹の極めて単純な感情、たとえば誰かのことが好きだとか、嫌いだとかいう気持ちに従って動いているだけだと思う。珠樹は俺に、あまりよい感情は持っていなかったから、それで襲ってきたのだろう」

「じゃあ二階に上がってきた蝙蝠は……」

——もしかしたら自分を捜していたのかもしれない、ときらほは思う。

「連中は吸血鬼の使い魔になることで群体化し、珠樹の知識を共有化することで高度な知恵を得る。家に入ってくるなりブレイカーを落としたのは光に弱い連中の仕業だ。あの蝙蝠は血を吸いはしないが、鋭い歯を持っている。あれだけの数に一気に襲われたら軽症じゃすまない。コートを着て寝ていなかったらまずかったかもな」

朝永のドクターコートは聖水で清められており、妖《あや》しのものに抗《あらが》う力を持つとのことである。

「俺はリビングを脱出して二階に上がった。すると物音で目を覚ました桜乃が部屋から廊下に出ていた。その後は……桜乃も知っての通りだ」

「なんで珠樹《たまき》は症状が急に進んじゃったの？　だって、寝る前の話だとまだまだ余裕があるって」

「ああ。寝る前の俺《おれ》の所見でも、珠樹に吸血鬼の症状が出る兆候はなかった。ただ吸血症の患者が肉体的または精神的圧迫を受けた時、『血中エーテル球』のレベルが飛躍的に増加することが報告されている。もしかすると手術前で強い緊張を感じていたのかもしれないな」

　きらほがハッとしたような顔になり、唇を噛《か》んだ。

「お風呂《ふろ》に一緒に入った時ね。珠樹、震えていた。手術が怖いって……。でもその後は、全然そんなそぶりなかったのよ」

「表面と実際に体や頭が感じている重圧は違うからな」

　それは、きらほも身をもって知っている。気がつかないうちに強い精神的なストレスを恒常的に感じていて、それがしっぽの生える原因となったのだ。

「今更、理由を考えても仕方がない。恐らく、今、珠樹は『エーテル球』を注入する相手を探している。俺たちがやるべきことは、犠牲者が出る前に珠樹を止めることだ。新たな吸血鬼症の患者を生むわけにはいかない」

　珠樹を止める――。きらほの頭にコートの拳銃《けんじゅう》の存在がチラついた。魔性化した人間にも傷をつけることのできる、銀製の弾丸が装填《そうてん》されている。

「珠樹を……撃つ、つもり？」

きらほは蒼白《そうはく》になって息を凝らした。

前方を向いたまま朝永《ともなが》が頷《うなず》く。

「足を止めて、医院に連れて帰り透析させる。可哀想《かわいそう》だが吸血鬼症が発病した珠樹を止めるにはこれしか手はない」

「でもっ――」

言いかけた言葉を、きらほは止めた。十字路を曲がった直後、朝永が自転車を停《と》めたのだ。きらほは地面に足をつくと、「なに？」と、朝永の背中から顔を出して前方をうかがう。

「うそっ……」

大きく口を開けたまま、驚愕《きょうがく》の声を漏らした。

道路のどん詰まりの向こうにある公園の上空を巨大な暗黒が覆っていた。桜乃《さくらの》家の二階で見た黒い絨毯《じゅうたん》をはるかに超える無数の蝙蝠《こうもり》の塊である。

蝙蝠の塊は中心部分が高くなったサーカスのテントの形をしていた。災害時の避難場所にも指定される比較的広い公園がすっぽりと暗闇《くらやみ》に包まれるくらい、巨大なテントだ。

きらほが荷台から降りると、朝永は自転車を街灯の下の道路脇《どうろわき》に立てかけコートの懐から拳銃を取り出した。

きらほが銃を持つ腕を掴《つか》む。

「撃つのは、駄目」

「桜乃《さくらの》……」

朝永《ともなが》はきらほの手を振り払おうとする。だが、きらほは強い意志の篭《こも》った瞳《ひとみ》で見上げたまま、朝永の腕を放さなかった。

「もし珠樹《たまき》がなにも不安を感じていなかったら、症状は進まなかったのでしょう？　手術前の患者のメンタルをフォローするのも医療側の役目だってテレビで言ってた。だったら珠樹の吸血鬼症が進んだのは私たちの責任よ。珠樹はなんにも悪くない。それなのに銃で撃つなんて、ぜったい間違ってる」

もしお風呂《ふろ》の中でもっと珠樹の話を聞き、自分が受けた手術のことを話していれば、もしかしたら珠樹の吸血鬼症が進行することはなかったかもしれない。お風呂の後も朝永のことばかり考えて、珠樹にあまりかまわなかった。

珠樹があんな風になったのは自分の責任――。

だから、朝永が珠樹を傷つけるのはなにがなんでも止めなければいけない、と、きらほは強く思う。

朝永が鋭い視線をきらほに飛ばした。

「桜乃の言う通り、責任は俺《おれ》たちにあるかもしれない。だからこそ、問題が拡大する前に、珠樹を止める義務がある」

「それは……分かるわ」

「だったら手を離せ。こうなった以上、力ずくでしか珠樹を止めることはできない。そして、吸血鬼症の進行が進んだ人間を止める方法は、銀の弾丸を使う以外にない」

朝永は強い調子で言った。

　きらほはかぶりを振る。

「そんなことない。きっと他《ほか》にも方法はあるよ。だって、まだ珠樹は人としての意識を完全にはなくしてはないもの。もし本当になくしていたら、発症した時点で朝永か私に噛《か》みついていたはずでしょう？　違うの？」

　朝永は一瞬考えて、それから頷《うなず》く。

「それは、そうかもしれない。人と魔性のギリギリの境界にある可能性はある」

「もしそうなら、こっちの声が届くのなら、珠樹に戻るように説得できるかもしれないじゃない。私が珠樹に家に戻るように言う。銃を使うのはそれからでも遅くないよ」

「駄目だ。リスクが高い上に、上手《うま》くいく可能性は極めて低い。たとえ完全には魔性になっていないとしても、血中に増殖した『エーテル球』が減りはしない。それどころか桜乃が目の前に現れた瞬間……、珠樹はお前を噛もうとするかもしれない」

「それならそれでもいい。私が噛まれれば、珠樹の症状は治まるんでしょう？　だったら私はそれでもかまわない」

　朝永が赤い瞳を大きく剥《む》いた。

「自分の言っている意味が分かっているのか、桜乃？　もし珠樹に噛まれれば、お前が吸血鬼症に感染することになるのだぞ」

「でも！　それなら無関係の人が感染することもないし、患者を撃ち抜くよりはずっとフェアな責任の取り方だわ」

「しかし……」

「いいから！　朝永《ともなが》が反対でも私は止めに行く。珠樹《たまき》を預かるって言ったの、私だもの。一番の責任は私にあるの」

きらほはそう言って踵《きびす》を返した。

すぐにギュッっと肩を掴《つか》まれた。

「離して！」

きらほはキッと眉《まゆ》を上げて振り返る。

朝永が強い表情できらほを見つめていた。

「寝る前にも言ったとおり、ドクターである俺《おれ》にも、医院のスタッフを守る義務というものがある」

余計なお世話よ――と言おうとしたきらほを遮り、朝永は続ける。

「だが……。お前が一度言い出したら、俺が何を言っても聞かないことも、よく知っている」

きらほから手を離すと手早くドクターコートを脱いで、不思議な顔をしていたきらほの背中にかけた。

「!!」

目を白黒させたきらほに、朝永は肩をすくめてみせた。

「珠樹を説得しようにも蝙蝠《こうもり》に阻まれて近づくことすらできないかもしれないからな」

「朝永……」

「お前の好きなようにすればいい。たしかに一度は、俺も桜乃《さくらの》に珠樹を預けた。だから問題が発生した場合も、桜乃の判断が優先されてしかるべきだろう。もし、桜乃が感染するようなことになったら………」

朝永は前髪を掻《か》き上げた。

「その時は特別料金で俺が診てやる」

口元に穏やかな微笑を浮かべ、朝永はそう言った。

刹那《せつな》。

ギュッ――っと。

朝永の笑みに吸い寄せられたみたいに、きらほは朝永の胸に抱きついていた。気がついたらという感じだった。

すぐに「あっ」と呟《つぶや》いて、朝永から離れる。

紅葉を散らした顔で回れ右をすると、慌てて肩のドクターコートに袖《そで》を通した。

中に色々と入っているのかずっしりと重い。きらほには丈が長すぎるので裾《すそ》が地面にかかる。朝永の温《ぬく》もりが残っていたので、体中がすぐにホカホカとした。

「ありがとね。じゃあ行ってくるから」

きらほは朝永《ともなが》の顔を見ないように振り返りそう告げると、公園に向かって走り出した。

真っ暗闇《くらやみ》の公園の中にきらほは入って行く。

すぐに数メートル先も見えない深遠な暗闇に包まれる。まばらに配置されている外灯の光だけを頼りに公園中央へと進んで行った。

子供の頃《ころ》からよく遊んだ近所の公園。〝彼〟と再会した思い出の場所でもある。

きらほは暗闇の中を足元に注意しながら慎重に前進して行く。

しばらく闇《やみ》の中を進んで行くと、はるか前方の外灯の下に、ポツンと小さな人影が見えた。黄色い衣服が外灯の光を白っぽく照り返していた。きらほが押し入れの奥から見つけてきた琢己《たくみ》のお古のパジャマだ。

「珠樹《たまき》！」

きらほは声を張り上げた。近くまで走ると、そこからは歩いた。

「珠樹……。そんなところで、なにをしてるの？」

近寄りながら、優しく問いかける。

珠樹が振り向く。

ドキリとした。

短い赤色の髪が逆立ち、虚《うつ》ろに半分開いた目は白金色に輝いていた。

（これが本当に珠樹？）

と、思う。珠樹《たまき》の体になにか異常が起きているのは明らかだ。

珠樹の頭上の闇《やみ》から、うなりのような羽音と鳴き声が上がり、真っ黒い野太い腕が伸びてきた。

とっさにきらほはコートで身を包む。すると、腕はきらほの眼前で霧のように四散し沢山の蝙蝠《こうもり》になってきらほの周りに群がった。だが蝙蝠はきらほにある一定の距離以上は近づこうとはせず、周囲をフラフラと舞うだけである。

きらほは蝙蝠を引き連れるように進み、珠樹の前にしゃがむ。

きらほの目の前で、青白い珠樹の唇が動いた。

「……僕、きらほ、捜してた」

元気な珠樹とは思えない、か細い声。

きらほは珠樹に向かって手を伸ばした。

周囲を舞っていた蝙蝠が珠樹を包みこみきらほの手を阻む。構わず蝙蝠の中に手を入れていくと、珠樹を包む蝙蝠がきらほの手の周囲から逃げていく。きらほの腕が黒い壁に風穴を開けていく感じだ。

穴の向こうには不安の表情を浮かべた珠樹の顔があった。

きらほは珠樹の頬《ほお》に触れた。

「どうして、私を捜していたの？」

きらほは漆黒のカーテンに身を埋《うず》めていくように、顔を珠樹に近づけた。

恐怖は感じない。珠樹の顔に、お風呂《ふろ》できらほに見せたのと同じものが見えるから。

それは不安な女の子の顔。だから……、もし朝永《ともなが》の言う通り珠樹が人と魔性の境界にいるのだとしたら、まだ人の側《がわ》にいると、きらほには思えた。

「怖い……から」

きらほの顔のすぐ目の前、数センチほどの距離の場所で、珠樹は体をブルブルと小刻みに震わせた。

「何が怖いの？」

きらほは火照《ほて》った珠樹の頬を優しく撫《な》でる。

珠樹は口をつぐむ。まるで口にすること自体が不安なように。

「今日の手術のこと？」

きらほは小さく微笑《ほほえ》みかけた。

「違う……」

珠樹が首を振った。

――えっ？

きらほは小さく口を開いた。

珠樹はお風呂の時と同じ表情を見せている。だから、あの時、きらほに漏らしたように手術を怖がっているのだと思っていた。

（じゃあ、なんなの？　珠樹は一体何を、こんなに怖がっているの？）

珠樹《たまき》は瞬く瞳《ひとみ》できらほを見つめた。

「怖いからきらほにもう一度、聞きたかった。きらほは僕に言った。僕の病気が治ったら
……」

きらほはハッと息を吸う。

「治ったら、たまきのパパとママ、帰ってくるって」

ガツンッと、鈍器か何かで殴られたかのような鈍い痛みがきらほの頭に走る。

どうして珠樹があの時と同じ表情をしているのか、分かる。あの時も、今も、珠樹が恐怖していたのは手術自体ではない。その後にきらほに尋ねたことが、真の恐怖の源だった。

——手術が成功すれば、両親は珠樹のもとに帰ってくるか？

「きらほ。もう一度、答えて。僕の病気が治ったら、パパとママ、帰ってくる？」

珠樹はきらほを見つめたまま、同じ質問を繰り返す。

きらほは——。

珠樹から目を背けそうになった。

珠樹がたとえ吸血鬼でなくなったとしても彼女の両親は——。白川《しらかわ》医院で珠樹が初めてそのことを口にした時から、きらほはそう思っていた。

なんて答えるべきか。

お風呂場《ふろば》で珠樹から質問をされた時、きらほは嘘《うそ》をついた。珠樹を欺き、きらほ自身をも欺いた。

だけど今度は——。嘘はつくまいと、きらほは思う。

真実を告げよう。

今の珠樹にそんなことをしたらどうなるか。状態が悪化し、とんでもないことが起きるかもしれない。それでも、三度までも珠樹と自分を騙《だま》す気はしない。

きらほは珠樹を見つめ、そして言った。

「珠樹、ごめん」

珠樹の顔に失望と戸惑いの色が広がる。その一言で、きらほが何をこれから言おうとしているのか理解したようだった。

珠樹の表情にきらほは胸が辛《つら》くなる。こらえるように、グッと歯を食い縛る。たとえ珠樹を傷つけることになるとしても、言わなければいけない。きらほそう、強く自分に言い聞かせる。

きらほは息を吸うと、もう一度、強い力をたたえた瞳で珠樹を見据えた。

「珠樹の病気が治っても、珠樹のパパとママが帰ってくることは、たぶんない」

青い珠樹の顔に電撃のようなショックが走った。

直後。

ガサガサという音がして、暗黒の空が落ちてきた——かのように見えた。公園の上空に広がっていた蝙蝠《こうもり》の暗幕が珠樹ときらほの周りに集約して、二人を包みこんだのだ。まるで畳まれる途中のテントの中にいるように、きらほの周りの空間が一気に狭められた。

外灯の明かりが遮られ、きらほの周囲は完全なる暗闇《くらやみ》に覆われる。

暗黒の塊でできた小さなかまくらの中のような空間の中で、きらほと珠樹《たまき》は向かい合う。

珠樹の瞳《ひとみ》が放つ妖《あや》しの光が唯一の光源だった。

「きらほ、僕に、嘘《うそ》をついた?」

小さくうつむいた珠樹が、ポソリと言う。

きらほはしっかりと頷《うなず》いた。

「うん。ごめんね。私、珠樹に嘘をついた」

珠樹は泣き出しそうな顔になる。眉根《まゆね》を寄せて、目元をしわくちゃにする。

きらほは珠樹にさらに体を寄せていく。

「だから……。その上で決めて。手術を受けるかどうか。パパとママは帰ってこないけど、それでも病気を治したいかどうかを」

きらほは珠樹の顔を両手で挟んだ。鼻と鼻がくっつくぐらいまで顔を近づけ、光をたたえた珠樹の瞳をじっと見つめた。

「もし、手術を受けるなら、一緒に家に戻ろう。もう少ししたら、呉鐘《ごしょう》さんが迎えにくるはずだから。でも、もし、戻る気がないのなら……」

きらほはゆっくり顔を離すと、ジャージの上着のファスナーを下ろし、首根を晒《さら》した。

「その時は私を噛《か》んで。その姿のままでいたら、珠樹は二度と帰ってこられない。私に貴方《あなた》の血を与えれば、とりあえずは元に戻れるはずだから」

珠樹が喉《のど》をゴクンと鳴らしたのが、きらほにには聞こえた。

吸血鬼症の患者は生理的な現象として誰《だれ》かを噛もうとする。血中の増加した『エーテル球』を減ずるため、抗《あらが》えない本能として他人を噛みたいと思う。

物欲しそうな視線を首筋に向ける珠樹に、きらほは身震いした。首を晒すことで、珠樹は間違いなくきらほの血に興味を示している。

自分がどれだけ危険なことをしようとしているか、きらほも理解していた。珠樹に血を与えられれば、きらほ自身も吸血鬼になる。大掛かりな手術か、定期的な治療を受け続けなければいけなくなるのだ。

しかしこれが一番よい方法だとも思う。もし今の珠樹に人としての理性が残っていれば手術を受けることを選択し、一緒に帰ってくれる。逆に、たとえ珠樹が吸血鬼でいることを選んだとしてもきらほが噛まれることで症状が治まれば、その後で落ち着いた状態で手術を受けるかもう一度、尋ねることができる。

珠樹を試しているようで嫌な気もする。でも他《ほか》に選択肢はない。

珠樹が可愛《かわい》い犬歯が覗《のぞ》く口を半分開けて、悩むような仕草をする。

（珠樹、一緒に、家に戻ろう――）

踏み絵に使われたマリア像にでもなった気持ちになりながら、きらほは強く願う。

だが――。

珠樹は首を傾けると、きらほの首根に半開きになった唇を近づけてきた。

(ああ、やっぱり駄目か)

きらほは体を強張《こわば》らせた。

しかしこれで珠樹《たまき》の症状が治まるなら、と諦念《ていねん》の気持ちになる。

カプッと音がして、珠樹の口がきらほの胸の上の辺りに吸いついた。

きらほは覚悟を決めたように目を閉じた。

(診てくれるって言った、アンタの言葉。信じているからね)

閉ざされた視界の中、脳裏に朝永《ともなが》の顔が浮かんだ……。

——次の刻《とき》。

強烈な羽音が辺りを包みこんだ。

二階の廊下や公園で聞いた羽音をはるかに凌駕《りょうが》する、地響きのような巨大な音だ。

「ええっ?」

閉じたばかりの瞳《ひとみ》を開いたきらほは驚愕《きょうがく》の声を上げた。きらほと珠樹を取り囲っていた蝙蝠《こうもり》の壁が、二人の周りをものすごい速さで回転していた。

(私が珠樹に噛《か》まれたから?)

きらほは自分の胸元に目をやった。

違う。珠樹は開いた口をきらほの肌に押し当たまま、歯は立てていない。

「た、珠樹?」

珠樹は口を離すと顔を上げた。

「きらほ……」

白金色に輝く瞳《ひとみ》が涙で滲《にじ》んでいた。泣きながら、きらほの首に腕を絡みつけた。

同時に、周囲を高速で巡っていた蝙蝠《こうもり》が浮き上がった。螺旋《らせん》のうねりを描きながら、真っ黒い壁が急上昇を始めた。引き寄せられるように、きらほは首をもたげた。

まるでお風呂《ふろ》の栓を抜いた時にできる渦巻のような形をした巨大な暗黒の柱が、白み始めた夜空に立ち昇っていた。

一体何羽いるのだろうか。柱は公園を取り囲んでいた膨大な数の蝙蝠を混じえ、伸張を繰り返しながら上昇していく。

柱の先端がはるか上空に到達した時、突然、壁か何かに衝突したかのように円形に広がった。円は平面的にどんどん大きく広がっていくと、やがて黒くて小さな斑点《はんてん》のような蝙蝠に分裂し、最終的には夜空の向こうへと消えて行った。

その間、ほとんど一瞬にきらほには感じられた。

気がつくと公園は静寂と暁前の淡い光に満たされていた。あれだけいた蝙蝠は、ただの一羽も見当たらない。

きらほはゆっくりと、首に絡みついた珠樹《たまき》の腕を放した。

珠樹の逆立っていた短い髪はいつの間にかしおれていた。瞳からは銀色の光が消え、元の鳶色《とびいろ》に戻っていた。

「珠樹！」

きらほは珠樹をギュウっと抱きしめた。

胸がいっぱいになって涙がこぼれてきた。なにが起きたのか完全には理解できなかった。それでも嬉《うれ》しい。珠樹が人として手術を受けることを選んだことは、たしかだから。

「ごめんね、珠樹……。嘘《うそ》をついたりして」

きらほがポタポタ涙を落としながら謝ると、胸の中の珠樹が顔を上げた。

「嘘を言っていたのは、きらほじゃないよ」

珠樹は瞳にいっぱい浮かんでいた涙を散らしながら、首を振った。

「僕だって、分かっていたの。病気が治っても、パパとママは帰ってこないかもしれないって」

きらほは「えっ？」と、濡《ぬ》れた瞳を大きくした。

吸血鬼の病気が治れば、親が帰ってくる。

幼いから厳しい現実が分からず無邪気に信じているのだとばかり、きらほは考えていた。しかしそんなことはなかった。珠樹も薄々、気がついていたのだ。周りの嘘と抗《あらが》えない現実に。

「嘘をついていたのは、僕も同じだよ。きらほ」

珠樹は泣くのを止《や》めるときらほを見つめた。

きらほはもう一度、珠樹を抱きしめた。

分かっていなかったのは自分の方だったのだと、思った。

きらほが珠樹《たまき》をゆっくりと離した時、背後で足音がした。

朝永《ともなが》だった。

なぜだか不機嫌そうな表情で近づいてくると横に立ち、いつもの冷たい視線できらほを見下ろす。きらほは慌ててジャージのチャックを上げた。

朝永は瞳《ひとみ》をジロリとさせた。

「感染は……なかったようだな」

「だから言ったでしょう？　珠樹が私を噛《か》むはずがないじゃない」

きらほが得意そうな顔を上げる
朝永はフンと鼻を鳴らす。鋭い眼差《まなざ》しで珠樹を睨《にら》みつけた。

「小柴《こしば》珠樹！」

珠樹は怯《おび》えたように少し顔を強張《こわば》らせ、朝永を見上げた。

「吸血鬼症の手術を受ける意思があるか？」

「ある」

はっきりと、力強く、珠樹は頷《うなず》いた。強い意志を持った一人の少女の顔をしていた。

朝永は珠樹を無言のまま睨んでいたが、突然、プイっと顔を背けた。

「ならばすぐに桜乃《さくらの》の家に戻ることだ。電話が入って予定が変わった。手術はあそこで行う。呉鐘《ごしょう》がすでに来て準備を始めている」

そう言うと、朝永はきらほに手を伸ばした。

起き上がらせてくれるのだと思い、掴《つか》もうとしたきらほの手は払われる。

「な、なによ」

「コートを返せ。裾《すそ》が汚れる」

朝永はきらほの方を見ようともせず、不機嫌な声を出した。

きらほは風船みたいに頬《ほお》を膨らませて立ち上がり、コートを朝永に手渡した。

しかしすぐに意地の悪い顔を浮かべると、背中に手を組む格好で朝永の顔を下からうかがう。

「なにをそんなに不機嫌になってるのかなあ？」

朝永は答えずもう一度鼻を鳴らす。踵《きびす》を返すと、一人で公園の出口の方へと歩いて行ってしまった。

「なにあれ？」

きらほは肩をすくめて珠樹と微笑《ほほえ》みあう。

「じゃあ珠樹。家に戻ろう。戻って呉鐘さんと朝永の手術を受けよう」

きらほは頷く珠樹の手を取ると、薄暗闇《うすくらやみ》の公園を走り出した。

5 総換血手術

きらほが家に戻ると玄関前の道路にボロボロの軽トラックが停《と》められていた。ベコリとかドカンといった擬音が似合う大きなへこみや、地金に赤錆《あかさび》の浮いた擦り傷が歴戦を潜《くぐ》り抜《ぬ》けてきた証《あかし》のようにボディのあちらこちらにある。

「これ……呉鐘《ごしょう》さんの？」

呆《あき》れ顔できらほが尋ねると、珠樹《たまき》は首を傾《かし》げた。

家の中に入りリビングダイニングに行ったきらほは、さらに目を丸くした。

リビングに面した窓が開け広げられ、庭に家財道具一切が運び出されていたのだ。まるで夜逃げかネズミの引っ越しである。

「い、一体、いつの間に、どうやって……」

飾り棚、ソファー、ダイニングテーブル、食卓、テレビｅｔｃ.ｅｔｃ.を、短時間ですべて運び出したのだ。一人でやったとすると、その呉鐘なる人物は相当頑強そうだ。

家財道具がなくなって生まれた十畳ほどの床に、巨大な絨毯《じゅうたん》が敷かれていた。黄色い大きな輪と多角形の幾何学模様、そして桃色の蓮《はす》の花を組み合わせた柄が、紫色の地に二つ刺繍《ししゅう》されていた。素人目にも仕事が細かいのが分かる立派なもの。手術を行うために敷かれたものだと想像がつく。

「これって、朝永《ともなが》の医院にもあった魔方陣と同じなの？」

先に家に戻ってリビングの壁に背もたれていた朝永にきらほが問うと、

「それは違うぞ、お嬢さん」

野太い声がして台所から法衣を纏《まと》った男が現れた。禿髪《とくはつ》にあごひげ、濃い眉《まゆ》、円形に近い大きな目。身長は長身の朝永よりもさらに高く、ガッシリとしているが大柄というより、鍛えられた引き締まった肉体。まるで修験者のような風体である。

「その模様はチャクラじゃ。うろんの神や悪魔の力を引き出す魔方陣とは違い、人間の体と部位を表す輪を意味しておる」

法衣の男は腕を組むと、満足そうに絨毯を見渡しながらそう言った。

（この人が呉鐘さん？）

想像していたのとちょっと違うな、なんてきらほが思っていると、朝永が呉鐘の前に静かに移動した。

バチン――と、グローブにボールが収まったような乾いた音が上がる。朝永が振り上げた拳《こぶし》が呉鐘の分厚い手によって掴《つか》まれていた。

「四年ぶりの再会というのに随分な挨拶《あいさつ》じゃな、怜央麻《れおま》」

呉鐘が殺気の篭《こも》った低い声を出す。丸い目を鋭利な刃物のように尖《とが》らせて、朝永を睨《にら》みつける。

と――。

「つま、男子たるもの、それぐらいの方がいいんじゃ」

相好を崩すと、朝永《ともなが》の手を離した。拳《こぶし》を振り上げたままの格好で硬直した朝永の頭をポンと叩《たた》き、横をすり抜けてリビングの方にやってくる。

「ごしょおーーーー！」

嬉《うれ》しそうな声を上げながら珠樹《たまき》が駆け出した。呉鐘《ごしょう》は足に抱きつこうとした珠樹の背中の裾《すそ》を掴《つか》み、猫の首でも持つように軽々と担ぎ上げた。

目の前に珠樹の顔を持っていき、真っ白い歯を見せた。

「わっぱ。いいこにしておったか？」

「うん、してたよ」

「そうか、よかったよかった」

呉鐘は機嫌よさそうにうんうんと頷《うなず》く。

珠樹を下ろすと呆気《あっけ》に取られていたきらほに向かって、いきなり頭を下げた。

「この度は不肖の弟子の代わりに、拙者の患者を預かっていただき誠にかたじけない」

きらほは慌てて手を顔の前で振った。

「あの、いえ、私は、頭を下げられるようなことはなにも」

「しかし、電話で聞いたところによると、わっぱが多大なご迷惑をかけたとか」

ジロリと顔を上げる。そこに朝永が割って入ってきて呉鐘に顎《あご》を突き出した。

「その通りだ。アンタが無責任にクランケを押しつけてきたせいで、うちの看護師が危険にさらされることになった」

当てつけではなく本気で怒っているようだった。きらほは素直に嬉しいと思う。

呉鐘は「ほお」と顎を撫《な》でて、きらほをしげしげと眺めた後、口を細長く広げて笑う。

「まさかわっぱの血がそれほど急激に濃くなるとは思わなんだでな。お嬢さん、拙僧の修行不足を許してくだされ」

拝むみたいに面前に手を構えた。

「許すなんてそんな。珠樹を預かるって言ったのは私ですから」

きらほが手をパタパタと振り続けると、呉鐘は嬉しそうに大きな目を細めた。

「不肖の弟子にはもったいない、できたお嬢さんじゃ。これからもどうか末長く、あの小生意気な弟子を頼みます」

「いえいえ、こちらこそ」

お辞儀をしあう。きらほは恋人の親にでも紹介されたみたいで妙な気分である。

呉鐘は顔を上げるとバンと大きく手を打ち、叫んだ。

「さあ、そろそろ時間だ。小柴《こしば》珠樹の手術を始めようぞ」

「こんなのしかないけど、いいかな？」

きらほは二階の自室から持ってきた小さなラジカセを朝永に見せた。

「外部入力があればなんでもいい」

朝永は受け取ると、ラジカセを絨毯《じゅうたん》のチャクラの横に置いた。

「でもなんに使うの？」

「そのうち分かる」

首を傾《かし》げるきらほに、朝永《ともなが》は短く答えた。

「まったく情けない。昔は手術でそんなおもちゃに頼ることはなかったぞ」

呉鐘《ごしょう》が不満気な声を上げて、廊下から二メートルぐらいある大きな木の箱を背中に抱えて運んできて、ラジカセの横の辺りに立てる。

箱を開けると、中から血が満たされた大きなガラス管が現れた。

「昨日の午後から不眠不休で作った珠樹《たまき》の血液だ。五十ccからこれだけ増やしたのだから、拙僧の術も大したもんだろう？」

呉鐘が大きな手でガラス管を撫《な》でる。珠樹から採取した少量の血液を透析することで一度『エーテル球』を除去し、それを術により培養した血液だという。

（この血を珠樹の血液と入れ替えるんだ……）

きらほは軽い眩暈《めまい》を覚えながら、巨大なガラス管に満たされた赤い液体を見つめた。

呉鐘は開け広げていた雨戸、扉、カーテンを手早く閉めると振り返り、きらほたちの顔を見渡した。

「では、お三方、心の準備はよろしいかな？」

三人とも頷《うなず》く。呉鐘は壁時計に目をやった。

「よし。少し予定より遅れたが、これより小柴《こしば》珠樹の『総換血手術』を行う。クランケは、第一チャクラに入って横になれい」

「うん」

珠樹は小さく頷き、緊張した面持ちで左側のチャクラの上に寝転んだ。

「よろしい。では、これからクランケの身の代《しろ》を作る」

しゃがんだ呉鐘が横になった珠樹から髪の毛を一本抜いた。法衣の懐から和紙を折って作った小さな人形のようなものを取り出し、その胸に珠樹の髪を差しこむ。

きらほが朝永の耳元で囁《ささや》く。

「身の代って？」

「……換血手術するために必要な血液を入れておく器だ」

「器？」

きらほは顔をしかめた。器ならガラス容器で十分ではないだろうか。

呉鐘は紙人形を珠樹と逆側のチャクラの上に置くと、数珠《じゅず》を立てた人差し指と中指に巻きつけ、印を切った。

〈のうまくさまんだばだなんあびらうんけん〉

緒仏、諸神を意味する呪文《じゅもん》——真言である。

〈おんばりちべいそわか　おんばりちべいそわか　おんばりちべいそわか〉

呉鐘の真言と印が止まった瞬間——。

チャクラの上の紙人形が震えた。

「‼」

きらほが目を剥《む》く。

手のひらぐらいしかない紙の人形が、ムクムクと大きくなっていくのだ。それもただ拡大していくわけではない。矩形《くけい》を組み合わせた単純な形状がリアルな人の形に、和紙の表面が皮膚や髪へと変化していく。

呆然《ぼうぜん》と見守りながら、きらほは、変形中の人形が誰《だれ》かに似ていることに気がついた。

「これって……」

三頭身のような小さな四肢に燃えるような真っ赤な髪、長い睫《まつげ》に桃色の唇――。そう、人形は珠樹《たまき》の体に形を変えようとしているのだ。どうやら身の代《しろ》とは、珠樹と同じ体をした人形のことのようである

やがて変身は止まり、チャクラの上には珠樹と瓜二《うりふた》つの体が横たわっていた。雪のように白い肌の生まれたばかりの姿。瞳《ひとみ》は瞑《つぶ》られて、唇は固く閉じられていた。

「僕が……もう一人？」

隣のチャクラで目を丸々とした珠樹が上体を起こした。

「い、いまのは、なんですか？」

きらほも珠樹と同じような表情で呉鐘《ごしょう》の方を向く。

「法力。地天の智慧《ちえ》により、紙代からわっぱの身の代を成した」

「法力……ですか」

きらほは驚いたというより、呆《あき》れたように呟《つぶや》く。朝永《ともなが》の魔法といい、珠樹の吸血鬼といい、世界には信じられないことが本当に沢山ある。

「別に法力に限る必要はない。西洋魔術を専らとする怜央麻《れおま》であれば、珠樹の自己像幻視《ドッペルゲンガー》を作ればよいし、古代魔術が得意ならば粘土を用いてゴーレムを作ればよい。要は今の珠樹の肉体に可能な限り近い器を用意することが重要なんじゃ」

きらほへ、というよりは、朝永に向けて発せられた言葉のようだ。

「この後、何をすればよいか、小僧、分かるな？」

呉鐘が朝永を見やる。朝永は憮然《ぶぜん》とした表情で頷《うなず》いた。

「ならば、できるな？」

「当然だ」

「よし。ではこの後の身の代の準備はお前に任せる。……じゃが、その前に」

呉鐘は袖《そで》の中からアイマスクを出した。体を起こした珠樹に装着する。

「真っ暗だよ？」

珠樹がアイマスクをつけた顔をキョロキョロとさせた。

「ここからは、わっぱにはちょっとばかし刺激が強すぎるでな。辛抱なされい」

呉鐘が珠樹の頭を乱暴に撫《な》でる。

（刺激が強すぎるって……、何が始まるんだろう？）

きらほは、珠樹の身の代と血の満たされたガラス管の間に、視線を行ったり来たりさせながら、ゴム手袋を装着する朝永《ともなが》に尋ねた。

「次は何をするの？」

「身の代《しろ》は器と言ったろう？」

朝永はそれだけ答えると、床に置かれた診察鞄《かばん》から長いゴムチューブとステンレスでできた直径二ミリくらいの先端が尖《とが》った筒状の棒を取り出した。

身の代の体の傍《そば》にしゃがみ、棒の尖部《せんぶ》を首付近へ近づける。

朝永が棒を首に突き刺そうとしているのに気がついたきらほは、中腰で見守る体をビクリと緊張させた。朝永が手を止めて振り返る。

「怖がることはない。血は出ないから、それほど恐怖は感じないはずだ」

無表情で言う。きらほが頷《うなず》くと棒を持ち直して、棒を身の代の喉元《のどもと》に接近させた。

すんなりと、何の抵抗もなく棒は首に挿入された。そのまま深々と頸部《けいぶ》に刺さって行く。

朝永の言うとおり、出血を伴わないので、きらほはそこまで恐怖を感じない。それでも人の肌の中に無機物のものが入って行く図はやはり痛々しい。たしかに本人の珠樹《たまき》に見せるのは酷かもしれない。

棒が喉《のど》の深くまで刺さると、朝永は棒の筒にゴムチューブを入れていった。

チューブが二十センチほど筒の中に入ったところで、棒の方だけゆっくりと首から抜く。

丁度、頸部《けいぶ》からチューブが生えたようになる。チューブの反対側をガラス管の下方にあるコックに繋《つな》ぐ。

「言っておくが、ここまではオカルト医療でもなんでもない。カテーテルを内頚動脈《ないけいどうみゃく》へ挿入したに過ぎない」

カテーテルという名前は、きらほも聞いたことがあった。最初の棒（穿刺針《せんしばり》）で血管までの道を作り、その道に管を通す。これが一般的なカテーテルの挿入法だという。

「じゃあそのチューブ、いや、カテーテルは血管に直接繋がっているんだ」

それできらほにもやっと、〝器〟の意味と、朝永が何をしようとしているのか分かる。

朝永はガラス管の血液を、代の中へ移そうとしている。Vessel《器》とは身の代のVessel《血管》のことだ。

「どうやって血液を器に移すの？」

ガラス管先端のコックを緩めれば、重力と体積力で血液が流れて行くだろうが、すべてが身の代の血管の中に流れて行くとはとても考えられない。

「もちろんポンプを使う」

「ポンプ？」

そんなものがどこにあるのだろうか、ときらほは周りを見渡した。すると、朝永が人差し指で、珠樹の代の胸をプニュプニュと押した。

「人は生まれながらにして強力なポンプを持っているだろう？　全長九万キロメートルの血管の隅々にまで粘性の高い血液を送りこめるほどの」

「あ、そうか。心臓！」

きらほはポンと手を打つ。

「でも、この体の心臓を動かすことなんて、できるの？」

呉鐘《ごしょう》の術により生まれた珠樹《たまき》の身の代《しろ》の体は人の形はしているが、見たところ呼吸や心《しん》悸《き》などの生命活動はなにもしていない。

朝永《ともなが》は答える代わりに再び診察鞄《かばん》に手を伸ばすと、中から縫合用の針と縫い糸、そして持針器を取り出した。針に糸を通し持針器で針を掴《つか》む。

「うん？」

きらほは訝《いぶか》しむ。通常、手術用の針と糸はメスで開いたり切除したりした部位を縫合するために使うものだ。まだどこも開いてないのにどう使うというのだろう。

朝永は持針器の針を珠樹の代の胸に当てたまま、うっすらと笑みを浮かべた。

「で、ここからがオカルトというわけだ」

そう言い終わるか終わらぬうち——。

朝永がものすごい速さで持針器を上下に動かし始めた。まるでミシンのように、代の白い肌の上を高速で針を出たり入ったりさせる。

（どうする気!?）

傷もなにもない綺麗《きれい》な肌を縫って、なんの意味があるというのか。

見ていると、身の代の胸に縫合糸の縫い目によって刺繍《ししゅう》のような模様が浮かんできた。

きらほは目を見張る。

「まさかっ！　こ、これって……」

模様は直径五センチぐらいの円の中に五つの角を持つ星が描かれた五芒星《ごぼうせい》。白川《しらかわ》医院手術室の床と天井に描かれた魔方陣の形状だ。朝永は縫合糸で代の胸に魔方陣を作っているのである。

（す、すごい……）

朝永の手の動きを見ながら、きらほは息を呑《の》んだ。過去に二回、きらほは朝永の手術を見たが、何度見ても手先の動きは神がかって見える。機械のような速さで、機械には真似《まね》できないような複雑な動きをするのだ。

たった三分足らずで、珠樹の代の胸に精巧な魔方陣の刺繍が施された。

「ほお。裁縫の腕はそれなりに上げたようじゃないか」

呉鐘があごひげを触りながら呟《つぶや》いた。

間を置かず、朝永はコートのポケットから黒い文書《もんじょ》を取り出す。魔法を使う時に必ず使っているものだ。

朝永は片方の手で文書を開き、もう片方の手は胸の魔方陣の上に掲げた。

〈我は請う。汝《なんじ》の霹靂《かみとき》が姑息《こそく》の杯に下らんことを〉

朝永の手のひらの下で、魔方陣が閃《ひらめ》く。

ブルルン――。

珠樹《たまき》の代《しろ》の体が小さく揺れた。

〈我は請う……〉

朝永《ともなが》は繰り返す。呪文《じゅもん》のたびに胸の魔方陣が煌《きらめ》き、体が震えた。

続けていくとやがて――。

ブルルン――、ブルルン――、ブルルン――、ブルルン――。

身の代が勝手に規則正しく震動を始めた。

朝永が呪文を止め、ガラス管の端のコックを開ける。

シュ――という音とともに、カテーテルの中を通って、ガラス管の血液が体の中に吸いこまれていく。

きらほは思わず、「おお――」と、小さな歓声を漏らす。心臓がポンプとして機能しているのを実際に目で見たのは初めてである。

管の中の血液はどんどん減っていき、白かった珠樹の代の体がほんのりと桃色に色づき始めた。体中に血液が回り始めたのだ。

そのうち、ほぼすべての血液が体の中に収まると、朝永は代の首からカテーテルをゆっくりと抜いた。

立ち上がった朝永が、呉鐘《ごしょう》に向かって頷《うなず》く。

「よし、わっぱ、もういいぞ」

呉鐘が珠樹のアイマスクを取る。珠樹は視界が閉ざされていた間に何があったかを知ろうと、キョロキョロと首を動かした。

珠樹の身の代の横にしゃがんだきらほは、朝永を見上げた。

「さわってもいい？」

「問題ない」

きらほは刺繍《ししゅう》のなされた胸に触れた。

ドクン――――。ドクン――――。ドクン――――。ドクン――――。

鼓動。肺も、細胞や他《ほか》の機能も完全に止まっているのに、心臓だけが動いて血液を循環させている。本当に心臓が機械のポンプのような気がして不思議な感覚になる。

人の体の神秘に触れたような気がしてきらほが疲れた顔を見せていると、呉鐘が歯を見せた。

「さあお嬢さん。ここからが本番だ。これから、身の代の血液を珠樹本体の血液と入れ替える、『総換血手術』を行う」

きらほは頷いて立ち上がる。呉鐘の言う通り大事なのはこれからだ。

「きらほ、ラジカセを用意してくれ」

朝永が診察鞄《かばん》の中からコードのようなものを出しながら言う。

「いいけど、これから使うの？」

言われた通りきらほが持って下りたラジカセの電源を入れると、朝永がコードの端を渡してきた。端は吸盤のような形になっていて、コード自体はただの電線のようである。

「吸盤を珠樹《たまき》の胸に」

「なにこれ？」

「いいから」

朝永《ともなが》がコードの逆側のプラグをラジカセの外部入力に挿すのを横目に、きらほは珠樹のパジャマの中に手を入れた。キャッキャッとくすぐったがる珠樹の胸に、吸盤をくっつける。するとラジカセのスピーカーから鼓動が聞こえてきた。

きらほが納得したように、ポンと手を打つ。どうやらラジカセは珠樹の心臓の音を聞くために使うらしい。

「総換血の術は、珠樹の鼓動と珠樹の代《しろ》の鼓動が重なりあった時に行われる。だから換血手術は二人一組で行うのが基本だ。俺《おれ》は珠樹自身の心拍に身の代の心拍を同期させる」

そうだろう？　とでもいう風に朝永は呉鐘《ごしよう》の方に顎《あご》をしゃくる。

呉鐘が仰々しく頷《うなず》く。

「それで二つの鼓動が重なる刹那《せつな》に、総換の術を行うのが拙僧の仕事じゃ。潮合が重要な儀式ゆえに、術士二人の息が合うことが重要となる」

「師弟同士だったら、心配ないってわけですね」

きらほが笑うと、朝永が面白くなさそうに腕を組んだ。

「師弟ではない。元師弟だ。息が合う必要などない。俺が心悸《しんき》を合わせた時に、あんたが術を成功できるかどうかだけの話だ」

「そういう考えが失敗のもとじゃ。二人の意識がバラバラで成功するほど、甘い術ではないぞ。大体、わしのことより坊主が本当に心悸を合わせられるかどうかの方を心配したらどうじゃ。このような機器を使わないと同期もさせられない若輩者なのだからな」

　呉鐘が丸い目をグリグリとさせた。

「道具を使うことと技術が足りないことは関係ない。要は目的を迅速かつ正確に果たせるかどうかだ」

「さあ、それはどうかな。道具自慢、技術自慢に溺《おぼ》れて、手術を失敗した愚か者を、わしは何人も見てきたぞ」

　火花を飛ばしあう朝永と呉鐘。

　そんな二人を交互に見ながら、きらほはこめかみに汗を流して「ハハハ……」と乾いた笑いを浮かべた。こんなんで本当に手術は大丈夫なのだろうか、と心配になる。

「では術に入る前に、最後の確認を行うか」

　呉鐘は大きく息を吸うと珠樹の正面に立ち、強張《こわば》った表情で見下ろした。

「どうしたのごしょー？」

　珠樹がもたげた頭をきょとんとさせた。

「わっぱ、これから拙僧が言うことをよく聞け」

「うん」

呉鐘《ごしょう》の真剣な気配を読み取り、珠樹《たまき》は顔に緊張を走らせた。

「これからわっぱに行う手術は難しい手術じゃ。百パーセント成功する保証はない。もし失敗すれば——わっぱはすべての血を失って死ぬ」

ドクン——。

死、という言葉に反応して、ラジカセから一際大きい珠樹の鼓音が流れた。珠樹の体が一瞬、震えた。

きらほはゴクリと唾《つば》を飲みこんだ。

幼くても、珠樹は死の重さの意味を理解している。

どうして、呉鐘は今になってこんな話を珠樹にするのか。強い恐怖を感じたために、再び珠樹の吸血鬼症が進行したら——。こんどこそ完全に魔性になるかもしれないのに。

いや——。

今だからこそなのかもしれない。

手術直前だから、これから行う自分の選択と至近距離で対峙《たいじ》することができるのだ。

「それゆえ、最後にお主の意思を問わねばならぬ。もし、お主に少しでも迷いがあるのなら、この手術は受けるべきではない」

ラジカセから聞こえる珠樹の鼓音が、さらに大きくなる。

きらほは珠樹に声をかけそうになる。が、止《や》める。呉鐘の問いかけにはたぶん、珠樹自身が一人で答えなければいけないことだから。

「さあ問おう、小柴《こしば》珠樹。お主は総換血の術を受け、自らの患いを治す不退転の意思を持っているか？」

朗々とした声が、リビングに響いた。

ドクン――。ドクン――。ドクン――。ドクン――。

薄暗い沈黙のリビングダイニングに心の音だけが響いていた。

きらほはじっと、静かに珠樹を見守る。

珠樹が立ち上がる。

強い力の篭《こも》った視線で呉鐘を見上げると、小さな胸を手で押さえて――。

凛《りん》とした声で言った。

「お願いします。病気を治してください。僕を、元気な女の子にしてください」

――と。

短い間の後。

豪快な笑い声が上がった。

「ワッハッハッハ。わっぱ、よくぞ言ったぞ」

呉鐘は野太い手で、バンと珠樹の背中を叩《たた》いた。

珠樹は目を白黒させながら倒れそうになる。

朝永《ともなが》は、フッと口元を小さくほころばせる。

そしてはきらほは――。

大きな瞳《ひとみ》から涙が流れていた。

初めて会った時から一日も経《た》っていないのに。珠樹《たまき》がものすごく大きくなったような気がしたから。


照明の消された真っ暗闇《くらやみ》のリビングダイニング。カーテンの隙間《すきま》から曙《あけぼの》の光がジンワリと漏れていた。

その中を朝永《ともなが》の呪文《じゅもん》と呉鐘《ごしょう》の真言、そして珠樹の心臓が三重奏を奏でている。

「それでね……。シスターはものすごく強いんだよ。マシンガンをこうやってぶっ放すの。ダダダダダって」

チャクラの上に仰向《あおむ》けになった珠樹がのぼせた様子できらほに話しかけていた。きらほはチャクラの外から珠樹の手を取り、時おり頷《うなず》きながら話を聞いている。珠樹の話の聞き役になり、手術で高鳴っている彼女の鼓動を一定にすることが、きらほの役目だった。

その効果もあって、呉鐘と朝永の呪文の詠唱が始まった直後、拍が上がったり下がったりと乱れていた珠樹の鼓動は、少しずつ落ち着いてきている。

朝永は胡坐《あぐら》をかいて、代《しろ》の魔方陣の上に手を掲げながら呪文を唱えて二つの心臓を同期させようとし、呉鐘はチャクラの間に立ち、鼓音が重なりあった瞬間に術を完成させるために真言を唱え続け、集中を高めていた。

「……」

はしゃぐように喋《しゃべ》っていた珠樹が、突然、言葉を止めた。首を横に向けて、きらほを見つめた。

「ねえ、きらほ」

「なに?」

「さっき、あんな風に言ったけど、僕、やっぱり期待しているんだ」

珠樹はうっすらと顔を赤く染めた。

きらほはなんのこと?　と首を傾《かし》げる。

「きらほ。やっぱり僕の病気が治っても、パパとママは帰ってこないのかな?」

珠樹は恥ずかしさと寂しさの入り混じったような表情を浮かべた。

きらほは下唇に人差し指を当てて、うーんと考えた後、ニッコリ微笑《ほほえ》んだ。

「大丈夫。その時は、朝永と私で、珠樹のパパとママになってあげるわ」

そう言って、きらほは珠樹の手の甲にチュッと、唇を当てた。

珠樹は嬉《うれ》しそうに頷いて手を引っこめると再び仰向けになった。

ゆっくりと、ゆっくりと、珠樹の心臓が等間隔に拍を打つようになっていく。

きらほが顔を上げると、朝永が呉鐘に合図をしていた。

珠樹の代の魔方陣の明滅が、珠樹の鼓動と重なる。

そして、次の刹那《せつな》——。

エピローグ

七月に入り、今年初めてのアブラゼミの鳴き声が聞こえた土曜日の午後。新宿三丁目、白川《しらかわ》医院。

「御免！」

きらほが頼み倒して朝永《ともなが》から期末試験の勉強を見てもらっていると、珠樹《たまき》の手術以来、再び音信不通だった呉鐘《ごしょう》がひょっこりと訪ねてきた。

「急に暑くなりましたなあ」

呉鐘は受付の窓口の横にあるソファーに座り、スキンヘッドに浮かんだ汗をハンカチで拭《ふ》いた。きらほが麦茶を持って行くと、「こりゃあ、どうも」と手を上げる。

「今日はなんの用だ？」

診察室のドアに背中を預けて腕を組んだ朝永が、愛想のない声を出す。呉鐘はやれやれと肩をすくめてきらほの方を向いた。

「お嬢さんに、わっぱの予後を伝えようと思いましてな」

呉鐘の前に立つきらほが、小さく顔を強張《こわば》らせる。

二週間前――。桜乃《さくらの》家で行われた『換血手術』は成功した。

手術のショックで一時的に意識を失った珠樹を呉鐘が巣鴨《すがも》の自分の寺に連れて帰り、意識が回復した後、手術の依頼主である『エリカの会』に珠樹が戻されたところまではきらほも知っていたが、その後のことは聞かされていなかったのだ。

「ご安心なされ。予後は順調と聞いておるぞ」

「そうですか」

きらほは胸を撫《な》で下ろした。手術自体が成功すれば予後は心配ない、と朝永から聞いてはいたが、やはり不安だったのだ。

「それで……その、珠樹の、お父さんとお母さんは……」

祈るような顔できらほは呉鐘に尋ねる。術後の経過と同じくらい気になっていたことだ。難しいとは思っていても、心のどこかでもしかしたらと期待していた。手術前の珠樹と同じように。

呉鐘は首を振る。

「残念じゃが……、そんな話は聞いておらん」

「そうですか……」

きらほは目を伏せて唇を噛《か》んだ。分かっていた、でも口惜しい。

呉鐘が寂しそうに目を細める。

「これぱっかりはな……。わっぱの親御を責められん事情もあるんじゃ。わっぱは齢《よわい》三歳にして吸血鬼症が発覚したんじゃが……、これがむごい話でな。実の母親の首に噛みついて、明らかになったんじゃ」

きらほはハッと顔を上げた。

「幸い、二人が入院した病院の院長がオカルト性疾患に対して理解のある人間だったから、厚生省には届けられんかった。母親の血に入った『エーテル球』の絶対量は少なく、透析により完治した……。じゃが、病院からわっぱの病気と『エリカの会』の説明を受けると、預けたいと言ったそうじゃ」

「……」

きらほは口を押さえた。身を抉《えぐ》られたみたいに胸が鋭く痛む。

これが現実だ。想像はついていたし、呉鐘《ごしょう》の言う通り、珠樹《たまき》の両親は責められない。自分が珠樹の両親と同じ立場だったら、珠樹を受け入れられるかどうか分からないから。

きらほの肩を呉鐘がドンと叩《たた》く。

「お嬢さん、そんな顔をなさりなさんな。今回の手術で珠樹の吸血鬼症は治った。『エリカの会』はすぐに里子を出す先を探す、と言っておった。子供を育てたいと思っとる人は世界中にいくらでもいる。すぐに見つかるはずじゃ」

「そうですか……。でも、あの歳《とし》で里親って、上手《うま》く馴染《なじ》めるといいけど」

きらほは心配そうに呟《つぶや》く。朝永《ともなが》が無言で近づいてきて横に立った。

「親と子になるのに歳や血の繋《つな》がりは必要ない。お前だってあの時、珠樹に対して情を感じていただろう?」

前を向き、遠くを見るよう目で言う。

「うん」

きらほは頷《うなず》いた。

たった一日。ほんの短い間だったが、きらほは珠樹が可愛《かわい》かった。愛《いと》おしく、守りたいと感じた。

だから――。

自分と同じように珠樹のことを大切に思う人はいるし、きっと出会える。そう信じようと、きらほは思う。

「俺《おれ》も実父の顔なんて、ほとんど見たことがないからな」

朝永はサバサバとした口調で言うと、呉鐘に顔を向けた。言おうか言うまいか悩むように口をまごつかせた後、呟くように言う。

「聞いていなかったな……。大陸にまで渡って、あの男の居場所はつかめたのか？」

「……気になるか？」

「べつに。話したくなければ、話さなくてもいい」

朝永が鼻を鳴らす。呉鐘は頬《ほお》を緩めた。

「実のところ、話すようなことは何もないんじゃ。情けない話じゃが三年以上方々を回って居場所どころか足取りも追えておらん。近頃《ちかごろ》は世界中どこの国の田舎《いなか》にも日本人がいるから、足で捜すのも楽じゃない。帰国直前にもハルツ地方の山奥に東洋人がいると聞いて行ってみたんじゃが、空振りだったわい……。まったくあの男、どこでどうしていることやら」

呉鐘《ごしょう》は腕を組むと、小さく嘆息した。

「また行くつもりか？」

「いや、しばらくは日本にいるつもりじゃよ。もしかすると、まったくの見当外れになるやもしれないんじゃが、ちょっと気になる情報があってな」

「そうか……」

きらほは顔を下に向けたまま、黙って二人の会話を聞いていた。

二人の言う〝あの男〟とは恐らく、白川怜一《しらかわれいいち》――。朝永《ともなが》の父親である。かつて、神の右腕を持つと呼ばれた世界一のオカルト医師。数年前から消息不明だという。

きらほは鞠菜《まりな》の一件の時、岸田《きしだ》から聞いて知ってはいたが、朝永にそのことを尋ねたことはない。朝永が話してくれるまでは知らないふりをしておこうと、決めていたのだ。

重苦しい空気を破るように、呉鐘が手を打ってきらほの方を向いた。

「そうじゃった。先日は色々と立てこんでいたせいで、お嬢さんに自己紹介をするのをすっかり忘れておった。今更と言わず聞いてくだされい。――拙僧、白川医院の前の院長をやっていた呉鐘と申す」

両膝《りょうひざ》に手を当てて深々とスキンヘッドを下げた。

きらほもペコリと、真っ黒のナースキャップを揺らした。

「ええっと、先月からここでバイトをやっています。桜乃《さくらの》きらほ、といいます」

――と。

呉鐘がポカンと何か不思議なものでも見ているかのような顔になった。

「あのぉ、どうかしましたか？」

きらほがパチクリと目をしばたたかせると、呉鐘はすぐに元の表情に戻り、

「いやあ、なんでもござらんよ。なに、そこの根暗坊主が、よくもお嬢さんのような可愛《かわい》い助手を見つけられたもんだと、感心しておりました」

ワッハッハと豪快に笑った。

「坊主はアンタの方だろ」

ボソリと言う朝永の横できらほは小首を傾《かし》げる。明らかに呉鐘は、きらほの名前に反応したように見えた。

「お嬢さんは——」

きらほをジッと見つめていた呉鐘が、何か尋ねかけた。

その時——。

白川医院入口の自動扉が開いた。

玄関に女の子が立っていた。

「きらほ——！」

甲高いソプラノの声。きらほの目が大きくなる。ワンピース姿なので一瞬、見違えたが、燃えるような赤い髪に鳶色《とびいろ》の瞳《ひとみ》は間違いなく。

「珠樹《たまき》！」

きらほの歓声よりも早く珠樹《たまき》がダッシュで駆けてきた。きらほは腰を下ろして大きく手を広げ、飛びこんできた珠樹をギュッと抱きしめた。

「一体、どうしたの？　どうして白川医院《こ こ》に？」

「僕、今日から東京のパパとママのところに行くの。行く前にシスターに頼んで、寄ってもらったんだ」

珠樹が玄関の扉の向こうを指差す。

エレベーターホールに修道服姿の長い黒髪の女性が立っていた。長身の美人だが、口にくわえられた煙草と左頬《ひだりほお》の大きな十字傷が、ただものではないオーラをビンビンに発している。そして、珠樹から聞いていた通り、禁欲的な修道服の上からでも分かるものすごいナイスバディ。

（なるほど、あれが種子島《たねがしま》……）

たしかにロケットかもしれない、ときらほは思う。

珠樹はきらほから離れると、朝永《ともなが》の前でクルリと回ってみせた。もう小汚い餓鬼《がき》とは言わせないぞ、とでも言いたげに、腰に両手を当てて朝永を見上げる。

朝永は「新しい家でも、毎日風呂《ふろ》に入ることだ」と言うと、目を瞑《つぶ》り小さく口元をほころばせた。

「パパとママ、見つかったんだ。よかったね」

嬉《うれ》しくて肩を震わせながら、きらほは珠樹を見つめた。

珠樹《たまき》が無邪気な笑顔で頷《うなず》く。

「どんな人なの？」

「う――んとね。もう十五人も子供のいる人なんだって。なんか、一人ぐらい増えてもいいかなって、言ってたって」

珠樹はワンピースのポケットから一枚の写真を取り出した。

沢山の子供に囲まれた、体格のいいマダム風の人が写っている。子供たちの横には、ほっそりとした気の優しそうな男性も写っていた。

「パパとママだよ」

珠樹は写真を指差しながらニッコリと笑う。その笑顔は一ヶ月ほど早咲きの向日葵《ひまわり》のようだった。

「よかった……。ほんと、よかったよぉ」

ギュ――――って。きらほは珠樹をもう一度、抱きしめた。

「ちょっと、きらほ、いたいよ？」

苦しそうに珠樹がもがいたが、きらほは腕の力を弱めない。

珠樹に、大粒の涙を滝のように流して泣いているところを見られたくなかったのだ。

＊

「いやあ、ミキ殿。待たせた上に便乗させていただいて、かたじけない」

第三茶谷《ちゃたに》ビルの前に停《と》められた白銀色《しろがねいろ》の外車の後部座席に乗りこむと、呉鐘《ごしょう》は禿《は》げた頭を掻《か》く。座席には先に白川《しらかわ》医院を退散していたシスターの小野寺《おのでら》ミキと珠樹が座っていた。

「気にすることはない。珠樹の件では色々と迷惑をかけたようだからな」

小野寺は窓枠に肘《ひじ》を立てて外に目をやりながら言った。

車は音もなく動き出す。

走り出してしばらくすると、呉鐘は太い眉《まゆ》をひそめ、法衣の袖《そで》から一枚の写真を取り出した。

写真には少年が写っていた。癖《くせ》のつよい茶色い髪に線の細い顔、学生服を着ている。顔の横に、黒いマーカーで〝桜乃《さくらの》きらほ〟と書かれていた。

「なあ、ミキ殿。……此岸《しがん》の世に奇跡や偶然というものはあるんじゃろうか？」

「それをシスターである私に聞くか？　まがりなりにも坊主のくせに」

小野寺が愉快そうに小さく笑って、振り向いた。

そして言った。

「この世界に奇跡も偶然もあるものか。あるのは必然だけ。そうだろう呉鐘？」

――と。

桜乃きらほの恋愛処方箋《しょほうせん》　おわり

あとがき

　お久しぶり、月見草平《つきみそうへい》です。

「桜乃《さくらの》きらほの恋愛処方箋《しょほうせん》」いかがだったでしょうか？　今回は「委員長」と「吸血鬼」のお話の二本立てです。今までの作品とはちょっぴり、雰囲気の違う物を目指しました。読んで下さった方の感想が楽しみです。


　ところで……。

　いきなりですが、「委員長」って、いましたか？

　現在進行形でも過去形でもいいんです。いや、そりゃ役職としての委員長は存在するとは思いますが、月見が言おうとしているのはいわゆる「委員長キャラ（女の子）」です。

　月見は中・高と男子校、という素敵な環境だったので、そんなものは見たことがありません。「血の繋《つな》がらない妹」とか「朝起こしに来てくれる幼馴染《おさななじみ》」よりは生息確率が高いと思うのですが、どうなんでしょう？

「いるいる、今、すぐ横にいるよー」とか「むしろ私が委員長だ」という人はぜひメディアファクトリーＡＣ編集部「委員長を探せ」係まで。面倒くさかったら「月見草平」係でも構いませんよ。（ファンレターが欲しいと素直に言えない人……）

そうそう。全く話は変わりますが、

ナースキャップ。

きらほの頭の上にチョコンと載っているあれです。看護学校の戴帽式《たいぼうしき》（看護師の卒業生が一人ずつ頭にナースキャップを載せてもらう儀式）やテレビCMでお馴染《なじ》みの、ナースを象徴するこのアイテム。実は最近、大手の病院では使われておりません。理由はキャップの中でばい菌が増殖するからです。

どうしてそんな物を病的な綺麗《きれい》好きの朝永《ともなが》は用意していたのでしょうか？　恐らく理由は――、

〈朝永はナースキャップが大好き〉

ナースキャップがないとナースっぽく見えないじゃん。そんな原理主義的な所が彼にはあったのでした。クールな顔してわりとやります、朝永怜央麻《れおま》。

最後になりましたが謝辞です。

今回もお世話になりました、担当のS様、編集長のM様、絵師の裕龍《ゆうりゅう》ながれ様。血流に関してインスピレーションを与えてくださった大島《おおしま》まり先生、ありがとうございました。

そして、この本を読んで下さった全ての方に感謝。

月見草平

MF文庫J

ファンレター、作品のご感想をお待ちしています

あて先

〒150-0002
東京都渋谷区渋谷3-3-5
モリモビル
メディアファクトリー　MF文庫J編集部気付

「月見草平先生」係
「裕龍ながれ先生」係

http://www.mediafactory.co.jp/

桜乃きらほの恋愛処方箋

発行　2006年8月31日
(初版第一刷発行)

著者　月見草平

発行人　三坂泰二

発行所　株式会社
メディアファクトリー
〒104-0061
東京都中央区銀座8-4-17
電話　0570-002-001
03-5469-3460（編集）

印刷・製本　株式会社廣済堂

ISBN 4-8401-1596-6 C0193

MF文庫J

第3回　MF文庫J
ライトノベル新人賞　募集要項

ＭＦ文庫Ｊにふさわしい、オリジナリティ溢れるフレッシュなエンターテインメント作品を募集いたします。面白くて心が震えるような、勢いのある作品を待っています！　尚、希望者全員に評価シートを返送します（第３回より、評価シートをより詳細にリニューアルします）。

賞の概要

随時応募を受け付け、応募作品を3か月ごとにまとめて予備審査し、佳作を発表します。この佳作の中から、年1回、最優秀賞および優秀賞を選出します。

［最優秀賞］正賞の楯と副賞100万円
［優秀賞］正賞の楯と副賞50万円
［佳　作］正賞の楯と副賞10万円

応募締め切り（当日消印有効）

2006年度のそれぞれの予備審査の締め切りは2006年6月末（第1次予備審査）、9月末（第2次予備審査）、12月末（第3次予備審査）、2007年3月末（第4次予備審査）とします。

応募資格

不問。ただし、他社でデビュー経験のない新人に限る。

応募規定

◆未発表のオリジナル作品に限ります。
◆日本語の縦書きで、1ページ40文字×34行の書式で100～120枚。
◆原稿は必ずワープロまたはパソコンでＡ4横使用の紙（感熱紙は不可）に出力し、ページ番号を振って右上を綴じること。手書き、データ（フロッピーなど）での応募は不可。
◆原稿には2枚の別紙を添付し、別紙1枚目にはタイトル、ペンネーム、本名、年齢、住所、電話番号、メールアドレス、略歴、他賞への応募歴（結果にかかわらず明記）を、別紙2枚目には1000文字程度の梗概を明記。
◆評価シートの送付を希望する場合は80円切手添付の返信用封筒を同封してください。
◆メールアドレスが記載されている方には各予備審査締め切り後、応募作受付通知をお送りいたします。途中経過についても、随時メールにてお知らせします。
＊なお、応募規定を守っていない作品は審査対象から外れますのでご注意ください。
＊入賞作品については、株式会社メディアファクトリーが出版権を持ちます。以後の作品の二次使用については、株式会社メディアファクトリーとの出版契約書に従っていただきます。

選考審査

ライトノベル新人賞選考委員会にて審査。

2006年度選考スケジュール

第１次予備審査2006年　6月30日までの応募分＞選考発表／2006年10月25日
第２次予備審査2006年　9月30日までの応募分＞選考発表／2007年　1月25日
第３次予備審査2006年12月31日までの応募分＞選考発表／2007年　4月25日
第４次予備審査2007年　3月31日までの応募分＞選考発表／2007年　7月25日
第3回MF文庫Jライトノベル新人賞 最優秀賞　選考発表／2007年　8月25日

発表

選考結果は、ＭＦ文庫Ｊ挟み込みのチラシおよびＨＰ上にて発表。

送り先

〒150-0002　東京都渋谷区渋谷3-3-5　モリモビル
株式会社メディアファクトリー　アクティブコア編集部　ライトノベル新人賞係　宛
＊応募作の返却はいたしません。審査についてのお問い合わせにはお答えできません。